「だから……マテオ」

皇帝は俺の手を取った。

「余に……女
れ」

「うん」

体の中から感じる。
白と黒の、二種類の力があることを。
今までは**黒の魔力**しかなかったのが、
白の魔力までもが体の中にあるようになった。
魔法を行使しようとした瞬間、
全身から**黄金色のオーラ**があふれ出した。
それだけじゃなく、髪の毛まで黄金色に輝き出したのだ。

俺ははっきりと頷いた。
皇帝の手を握り返して、言った。
「運命の人、あなたの名前は、イシュタル」
「イシュタル……」

「感じる……」

ダッシュエックス文庫

報われなかった村人A、貴族に拾われて溺愛される上に、実は持っていた伝説級の神スキルも覚醒した3

三木なずな

52 伝説の始まり

「えっと……その使徒《しと》って、具体的にはどういうものなのかな」

　俺は困惑しながら、大聖女――ヘカテーとニコに聞いた。

「具体的に、でしょうか」

「うん。今までにもいたみたいな口ぶりだから、知ってるよね」

「申し訳ありません」

　ヘカテーはほとんど間を空けずに謝った。

「この三百年間、神が降臨なさらなかったので、使徒もおらず。今すぐにお話しできるのは一般教養としてのものしかありません」

「そうなんだ」

「あなたはどうなの？」

「申し訳ありません。おそらく、大聖女様よりさらにくわしくないかと」

　水を向けられたニコ、ヘカテー以上に恐縮した。

「一晩、時間をいただけますでしょうか。全力で教典からお調べ致しますので」

「うん……そうだね」

俺は少し考えた。

その方がいいのかもしれない。

神の使徒というどえらいものがでてきた。

それをまったく分からないで接するのは良くない。

そもそも、今なんでヘカテーが使徒になったのかもよく分からない。

情報が欲しい。

今のままだと目隠しで綱渡《つなわた》りをするようなものだ。

「お願いできるかな」

「お任せ下さい」

☆

一晩明けて、今度はヘカテーだけやってきた。

昨日と同じ応接間に、俺とヘカテーの二人っきり。

昨日はおばあちゃんと孫みたいな絵面《えづら》だったんだが、今日は幼い姉弟って感じの見た目になっている。

　もっとも、貴族としてありふれた服を着ていて、特に違和感のない俺と違って、ヘカテーは大聖女の服を小さくしたものを着ていて、幼女なのに大聖女というギャップ全開の格好だ。

「お待たせ致しました」

「うん、どうだったかな、ヘカテー。何か体に不具合とか出てない？」

「お気遣い、恐悦至極《きょうえつしごく》でございます。不具合どころか、およそ二百五十年ぶりに自分の手足で行動ができて、逆に好調すぎて戸惑うほどです」

「そっか、それならよかった」

　見た目は本当に幼い女の子だもんな。

「早速、使徒についてのご説明をよろしいでしょうか」

「うん、お願いね」

「はい……使徒とは、信心が一定以上となり、神より聖名——聖なる名前を頂戴《ちょうだい》した者のことを指すとのことです」

「名前を？　そんなことでいいの？」

「おそらく、我々が祈りを捧げる時の文言『天にましますが父よ』は、そこから来ているものと推測します。名前を付けるのは親——父が子にすることですから」

「あっ、なるほど」

その文言は聞いたことがある。

なるほど、由来はそうだったのか。

「使徒になった場合、半不老不死となります」

「半不老不死？　不老不死もすごいけど……半ってどういうこと？」

「神以外では殺すことができなくなるが、神に名前を取り上げられればその場で消滅する——と、かつて使徒イスカ、裏切りのイスカがそうなっております」

「名前を取り上げられると消滅って、怖い話だよね」

「神への裏切りを考えれば、その程度で済んでむしろ幸運なのかもしれません」

ヘカテーの目がちょっと怖かった。

自分がその場にいたら裏切り者にもっとひどいことをした、と暗に力説している目だ。

「でもそっか、それで『半』不老不死なんだね」

「はい」

「でも、それじゃ今使徒がいないのはどうして？　神様以外には殺せないいんだよね？」

「教典に登場する使徒はいずれも、神とともに昇天した、と記されております。裏切りのイスカ以外は」

「そうなんだ……」

「ちなみに、一人だけ今でも存在しているかもしれません」

「そうなの⁉」

「デュランダル、という名の使徒ですが、この使徒は単身で戦《いくさ》に赴《おもむ》き、不老不死の肉体を駆使して勇敢《ゆうかん》に戦ったが、最後は四肢《しし》をばらばらにされて、胴体だけ火山口に投げ入れられました」

「どうしてそんなことを⁉」

「不老不死の肉体はいくら傷つけても再生するようです。それでもと敵側は考えた結果、文字通りの八つ裂きにして、それでもまだ生きているデュランダルの胴体を火山口に投げ入れて、頭部と四肢を世界の四隅に投げ捨てたと言われています」

「へえ……あっ、もしかして」

俺は、とある地名を思い出した。

「それって、永久火山デュランダルのこと？」

「はい。胴体は再生したそばから火山に燃やされて、さながら永遠に燃えるための燃料になっている——と言われています」

「そっか……」

やっぱりそうだった。

屋敷で読んだ本の中にそんなのがあった。

数百年間常に噴火を続けている火山、それでついた名が永久火山だ。

それにしてもすごい話だな。

内容は神話とかそういうレベルのものでリアリティがないが、たぶん物語として読むと、ものすごく読み応えはあると思った。

「それと、神より聖名を賜《たまわ》ったものは上級使徒とも呼ばれ、上級使徒は下級使徒を作ることができるようです」

「下級使徒？　何が違うの？」

「こちらは単純に不老になります。不死ではなく、通常の人間同様、剣や魔法で殺せます」

「へえ」

それも面白そうだな。

こんな調子で、俺はヘカテーから色々説明を受けた。

正直なところ、ヘカテーが言うように「教典」から調べてきたからか、教えてもらった内容のほとんどは神話チックだったり、伝承とか伝聞だったりで、今ひとつリアリティに欠けるのは事実だ。

だがその分、面白く聞けた。

「以上が、ルイザン教の教典にある使徒に関する全ての知識となります」

「そっか。うん、ありがとうね」

「恐縮です。神のお役にたてるなど、光栄以外の何ものでもありません」

「そんなにかしこまらないで。僕はそんなにたいしたことはしてないし」

「……いいえ、そのようなことはありません」

「ヘカテー？」

ヘカテーはいつになく、真剣そのものの瞳で俺を見つめた。

「ほとんど寿命《じゅみょう》だったわたくしに聖名を与え、若さ——新しい命を与えて下さったのです。二度目の人生を与えて下さったのです」

「……そうなるんだ」

まあ、そうなるのかな。

ほとんど寿命、というのはきっとその通りだ。

昨日会いに来たときのヘカテーは、車椅子《くるまいす》に乗ってて、自分では指一本動かすのさえも重労働、って感じだった。

そもそもが三百歳越えだ。

大聖女だから持ってるんだっていうのを、今にしてそうなんだろうと思った。

「ですので、神への信仰は今でも変わりありませんが、それと同じくらいの感謝の気持ちを」

「そっか。だったらそれはそれでいいんだけど、普段はもうちょっと普通に接して！　少なくとも僕がこっちの体の時は」

「分かりました。誓って、おっしゃるとおりに致します」

ヘカテーは即答した。

デモデモダッテみたいなのは一切しなかった。

ここ最近ルイザン教との関わり合いが増えて、彼らの性質やら教義やらを理解してきた。

神は、大いなる考えによって、神以外の姿を取ることもある。

それを逆手に取って、「マテオの時だけは」という例外はいくらでも通る。

事実、ヘカテーがそうだった。

マテオの時だけは普通に接してくれって言ったら、ノータイムで受け入れてくれた。

それは助かる。

この姿の時に「神」って呼ばれると色々都合が悪い。

ふと、俺は気づいた。

ヘカテーがほんのりと、嬉しそうな顔をしていることに。

「どうしたのヘカテー、なんだか嬉しそうだけど」

気になったから、直接聞いてみることにした。

「おっしゃるとおり、身に余る光栄をかみしめております」

「どういうこと？」

「我ら信徒たちには常に一つの問題がつきまといます。それは、一体誰に信仰を捧げているのか、と」

「誰にって、神様にじゃないの？」

「それはもちろんその通りですが——だれも神は何者なのか分かりません。だからこそ神の像や、聖遺物など。信仰を捧げるために想像できる『物』を用意します」

「あっ、偶像の話だね」

「はい。しかし今、わたくしは信仰を——祈りをささげる先をはっきりと認識できました。目を閉じればまぶたの裏に神の尊《とうと》き姿が浮かび上がります。信徒としてこれ以上の幸せはありません」

「そっか」

それは……なんとなく分かる。

信徒だけじゃない、人間がそもそもそういうもんだ。

なんのために働いてるのか分からない男が、子供が生まれた途端、迷いが綺麗《きれい》さっぱり消えるなんてよくある話だ。

みんな、信じられるちゃんとした形のあるものが欲しいんだ。

「ねえ、ヘカテーは祈りを捧げるときってどうしてるの？　大聖女って他の信徒たちと同じ？」

「ほとんど同じです。ご覧に入れましょうか？」

「えっと、そうだね、ここ誰も入ってこないし」

俺は少し考えて、頷《うなず》いた。

「分かりました」

ヘカテーはそう言い、両膝をついて、手を胸元で組んで、気持ちうつむいた感じで目を閉じた。

そのまま、沈黙してポーズを保ち続ける。

なるほど、俺が知っている普通の信徒たちの祈りと同じだ。

大聖女が他の信徒と同じなのもちょっと面白いな――と思っていると。

「――っ！」

ガタッ！

いきなり頭の中に直接『知識』が流れ込んできて、俺は動揺《どうよう》して、応接間のテーブルを蹴《け》ってしまった。

「どうなさいましたか？」

「荒淫《こういん》の使徒……へえ、そんなこともしてたんだ」

「アライルのことですか？」

「うん、今なんか頭に流れ込んできた……あれ？　なんでだ？」

俺は改めて不思議に思った。

今、頭の中に一人の使徒の知識が流れ込んできたのだ。

荒淫の使徒アライル。

神に忠実だった一方で、下級使徒を多く囲み、さながらハーレムのようなものを作りあげた男の名前だ。

「申し訳ありません、アライルのことも昨日調べて知ったのですが、行跡が行跡なだけに、お耳を汚すかと思いまして」

「なるほど。ってことは、今のはヘカテーの知識だね」

「そう……なるのでしょうか」

「それがなんで僕に？　……ヘカテーが僕に祈りを捧げたから？」

少し考えて、そんな推論を立てた。

「ねえヘカテー、一つ協力してくれる？」

「なんなりと」

ヘカテーはやはり即答した。

☆

俺はそのまま応接間で待った。

ヘカテーが部屋から出ていった後、何もしないでじっと待った。

そうやって待つこと十分。

「来た」

さっきと同じ感じで、知識が流れ込んできた。

今度は植物の生態という、今この瞬間ではどうでもいい知識だ。

俺はメイドを呼び、ヘカテーを呼びに行かせた。

ヘカテーはすぐに戻ってきた。

「もうよろしいのでしょうか」

「うん！　多分だけど、どうしてなのか分かった」

俺はにこりと笑って、答える。

「ヘカテー——使徒が祈りを捧げると、知識が僕の方に流れてくる。多分だけどね」

「……おそらく合ってます」

「どうして？」

「祈りとは本来、自分の行為と振る舞いを神に話し、許しを乞《こ》うことでございます」

「そうなんだ」

「ですので、知識というよりは、わたくしの振る舞い——見聞きしたものが伝わったのではないでしょうか」

「なるほど。でも、今の知識は伝わってこなかったよ？」

「使徒になって以降のことは、なのではありませんか？」

「あー、なるほど。それなら納得できる」

そっか、祈りで知識を捧げる、って形になるのか。

それは――。

……。

…………。

…………。

「どうかなさいましたか？」

「え？」

「お会いしてから今までで一番、嬉しそうだとお見受け致しました」

「あはは、うん、そうだね」

「それはどうして――？」

「僕は知識を蓄《たくわ》えるのが好きなんだ」

知識は武器だ。

武器はいくらあってもいい。

だから俺は貴族の孫になってから、本をたくさん読んで、たくさんの知識を蓄えてきた。

かなり読んでても、本当に知識深い人に比べればまだまだだって思う。

だから、本を読み続けた。

「だからね」

俺はヘカテーに微笑《ほほえ》みかけた。

「今この瞬間が、生まれてから一番嬉しいかもしれないね」

そして――

「使徒、増やすよ」

俺は、はっきりとヘカテーに向かって宣言した。

たぶん転生してから一番、はっきりと自分の目的が分かった瞬間だった。

☆

そして、それは神と忠実にして有能な使徒たちによる、世界をさらなる進歩へ導くための序曲であることを、知識欲が先行する本人にはまだ、知る由《よし》もなかった。

53 第二使徒エヴァンジェリン

「神に一つ、お許しをいただきたいことがございます」

ヘカテーは祈るポーズのまま、俺を見つめてきた。

「お許しを？　なに？」

「今以上に、積極的に信徒を増やしていくことをお許しください」

「うん、それはいいけど……どうして？」

「わたくし——使徒《しと》が神のお力になれるように、一般信徒もまた、何かしらの形で神のお力になれるのではないか、と愚考《ぐこう》した次第でございます」

「なるほど」

俺は頷《うなず》き、考える。

今のところその兆候とかはないけど、今後そうなっていく可能性はかなり大きい。

それを考える、むしろ——。

「ありがとう、むしろぼくの方から頼むよ」

「もったいないお言葉。粉骨砕身《ふんこつさいしん》し神の一助にならんことを誓います」

「そんなにかしこまらなくていいよ。もうちょっとくだけてくれるとうれしいな」

「いえ、さすがにそれは――」

「最初に会ったときは優しいおばあちゃんだって思ってたから、そこまで謙《へりくだ》られるとちょっと困るかな」

「やさしい……おばあちゃん……」

ヘカテーは呆然《ぼうぜん》とした。

そんなことを言われるとは、まったく思ってもいなかったって顔だ。

「あっ、ごめんなさい。もしかして気を悪くした?」

その可能性は充分にあるぞ、と俺はちょっとだけ慌てた。

どんな見た目だろうと、女性は女性だ。

そして、本には「精神は肉体と連動する」って書かれてる。

若返ったヘカテーが、心まで若返って「女」が復活したら、おばあちゃん呼ばわりはまずいかもしれない。

だから俺は謝った――のだが。

「い、いいえ。そんなことはありません」

「そうなの?」

「はい……おばあちゃん……おばあちゃん、ですか？」

「どうしたの？」

「孫という存在ができるとは思っていませんでしたので、よく分かりません」

「孫、いないんだ？」

「この身ごと人生を神に捧げました、故の大聖女でございました。ですので……」

「……ああ」

言わんとすることが分かった。

修道女とかは生涯《しょうがい》にわたって純潔を守り通すとかっていうしな。

大聖女ともなればなおさら、ということか。

それで困惑しているへカテー。

困惑しているが、どこか期待しているようにも見える。

何か興味のあることを前に、やりたいけどやり方が分からない、そんな感じだ。

俺は少し考えて。

「こんど、おじい様を紹介するよ」

「おじい様……ローレンス公爵のことでございますか」

「うん、おじいちゃんはすごく『おじいちゃん』だから、『おばあちゃん』のやり方を教えてくれるんじゃないかな」

「そうでしたか……神の御心に感謝いたします」

ヘカテーは再び祈りポーズで、目を閉じて軽く頭をさげた。

神《俺》への感謝はこのポーズで、って固まったらしい。

ふと、ガタン——ガタン、って音がした。

音のした方を向くと、ちびドラゴン姿のエヴァが窓から入ってこようとしている。

体で器用に窓を上にスライドして開けても、入ろうとしたときに窓が落ちて元に戻ってしまう。

それを繰り返してうまく入ってこれないエヴァ。

俺は「あはは」と微笑みながら、エヴァに近づき窓を開けてやった。

エヴァはささっ、と部屋に飛び込んでくる。

「どうしたの？」

「みゅっ、みゅっ」

どうやら大した用事はないらしい。

遊んでいるところに通りかかって、俺の姿が見えたから入ってきた。

その証拠に、エヴァはそのまま、子犬のように俺に体を押しつけ、スリスリしてきた。

相変わらず愛くるしいな、エヴァは……ん、エヴァは？

「エヴァ……ンジェリン」

その名前を、舌の上に転がすようにつぶやいた。

「ヘカテー」

「なんでしょうか？」

「使徒って、人間だけ？　ヘカテーが昨日調べた中には人間しかいなかったけど、それ以前の知識の中に人間以外はいる？」

「そうですね……」

ヘカテーは思案顔をした。

「……いなかった、かと」

「いないんだ……」

「いきなりどうしたのですか……あっ、レッドドラゴンの仔……」

「うん」

俺たちは同時にエヴァを見た。

レッドドラゴンの仔、俺を「父」と呼び、俺が名前を付けたエヴァンジェリン。

名前を付けた、というところはヘカテーと同じ。

「そういうことでしたか。……私見ですがよろしいでしょうか」

「うん」

「前例は寡聞《かぶん》にして存じ上げませんが、神であれば不可能ではない、と考えます」

「そうなの？」

「はい」

「じゃあ……どうしよう」

「もう一度名前を付け直してみてはいかがでしょうか」

「別の名前にするってこと？」

「いいえ。信徒たちの中には、父母が名前を付けた後、その名前を司祭に承認してもらう、という形をとる者たちがおります」

「承認」

「大変失礼ですが、人間・マテオが付けた名前を、神が追認する、という形を取ってみてはどうでしょうか。レッドドラゴンにエヴァンジェリン——わたくしと同じように、その名前には神からいただいた意味がおありですから」

「なるほど、そうだね」

そこは完全にヘカテーの言うとおりだ。

エヴァンジェリンというのは、歴史上もっとも有名なレッドドラゴンの名前。

そのレッドドラゴンと同じように立派になってほしいと思って付けた。

いわばエヴァンジェリン二世とか、ジュニアとか、そういう意味だ。

俺自身呼び慣れたこともあって、エヴァンジェリンの名前は、できればそのままがいい。

「分かった、じゃあやってみるよ」

「はい」

「エヴァ」

俺はエヴァの名を呼んだ。

エヴァはスリスリするのをやめて、俺を見上げた。

可愛《かわい》らしく、つぶらな瞳を見つめ返しながら、俺は「再びエヴァンジェリンと名付ける」と思いながら、口を開く――。

「――」

声が出なかった。

何かが喉《のど》でつっかえて、声が出ない。

「さっきと一緒だ……あっ、こっちは声が出る」

もう一度名前を付けようと口を開く。

やっぱり、その時だけ声が出ない。

ヘカテーのときと同じだ。

名前を付けようとする時だけなんかの「抵抗」がある。

ヘカテーの時は力ずくで突破した。

だから今回もそうしようとした。

「ぐぐぐぐ……」

が、できなかった。

ヘカテーの時以上の抵抗を感じた。

たとえるのなら、倍は分厚くなってる壁をぶち壊そうとしている感じだ。

そしてその壁は、俺の力じゃ壊せそうにない。

「ごめん、二人ともちょっと待ってて」

俺はそう言って、水間ワープで海底に飛んだ。

「海神様《わたつみさま》！」

「お疲れさま、体使うよ」

「うん！」

見張りの人魚をねぎらって、レイズデッドで海神ボディに乗り換えて、再び水間ワープで屋敷に戻る。

「みゅー」

「そのお姿……あなたが神ですか」

「うん、こっちの姿は初めてかな」

「はい。人相に関する報告を受けていますが、実際に会うのは」

「そうなんだ、じゃあこっちの姿も覚えていってね」

「はい」

「それじゃ――エヴァ」

「みゅ」

俺は再びエヴァと向き合った。

名前をもう一度付けようと思った。

すると、マテオボディだったときに分厚く感じられた壁も、飴細工《あめざいく》のガラスくらい薄っぺらいものに感じられた。

「君の名はエヴァンジェリンだよ」

言葉がすんなり出てきた。

そして、エヴァの体が光り出す。

ヘカテーの時と同じ、体が光って、見た目が変わる。

光の中から現れたのは――十代半ばの美少女だった。

一見人間のように見えるが、頭には角《つの》、背中に羽が生えている。

人間と竜の子――竜人って感じの見た目だ。

「わあぁ」

「どうかなエヴァ」

「うん！　なんかすごくきもちーよパパ」

「そうなんだ」

「さすが神でございます。レッドドラゴンさえも使徒とされてしまうとは」

ヘカテーが尊敬した、そのものの目をして、俺を見つめていた。

「エヴァはずっとその姿？　それとも僕がまた力を与えれば姿を変えられる？」

「ううん」

エヴァは首を振って、目を閉じると——ちびドラゴンに変身した。

「みゅー！」

「おー、自力で変えられるんだ」

「みゅみゅっ——もうひとつのドラゴンの格好は屋敷壊すからやらないでおくね」

ちびドラゴンからまた自力で戻って、人間の姿になる。

「ってことは、三つの形態を自由自在になれるってことか」

「うん！　パパのおかげ」

「そうか」

頷《うなず》く俺。

こうして、ヘカテーに続いて、エヴァも俺の使徒となった。

54 責任は投げ捨てるもの

次の日、俺はヘカテーを連れて、じいさんの屋敷に向かった。

じいさんに会う、ということで、俺は海神《わたつみ》ボディじゃなくて、マテオボディに戻った。

海神ボディでも説明したらじいさんはすんなり納得するんじゃないかな——という安心だか不安だかがあった。

ヘカテーと二人で馬車に乗って、ルイザン教の神官たちに護衛されての道中。

俺は、ヘカテーに念の為に聞いてみた。

「ヘカテーは、おじい様と会ったことはないの？」

「ございません」

ヘカテーは即答した。

「ローレンス公爵ほどのお方なら、お会いしていれば深くお話をさせていただいてるでしょうから」

会っていれば忘れることはない、ってことか。

「そうなんだ」

「どういうお方なのでしょうか？」

「うーん、難しいね」

俺は苦笑いした。

じいさんがどういう人間なのか、それは立場によって大きく変わる。

「僕が聞いてる話だと、すごく厳しくて、怖い人」

「そうなのですね」

「動じないんだね」

「高位の者ともなれば、そう思われてもおかしくはありませんし、そう思われるべき場面が多々ありますので」

「そっか」

俺には分からないけど、そういうものなんだな。

ヘカテーも大聖女という、ルイザン教のトップだから、通じ合うものがあるんだろう。

というか、それが普通に気になったので、ストレートに聞いてみることにした。

「ヘカテーも怖い人って思われてるの？」

「はい、そのように仕向けました」

「そのように仕向けた？」

「教義には厳しく、融通《ゆうずう》が利《き》かない。神に仇《あだ》なすものは絶対に容赦《ようしゃ》はしない。そういう人間だと思われているはずです」

「そうなんだ」

「今回の扇動者《せんどうしゃ》の追放で、ますますそう思われていることでしょう」

俺は「なるほど」と頷いた。

やっぱり通じ合うところがあったんだな、ヘカテーは。

「でね、僕が感じている、いい、ものだと、普通のおじいちゃん」

「普通の」

「うん、孫にデレッデレで、とことん優しくて甘いおじいちゃん」

「人間味溢《あふ》れる方なのですね」

「そうなのかな」

そういう表現をされると、自分が思っているのが、なんか間違っているような気がしてくる。

あれって……人間味溢れる、で片付けていいのか？

絶対違うと思うけど。

じいさんの溺愛《できあい》は、そんなレベルじゃない。

☆

じいさんの屋敷についた。

馬車から顔を出すと、門番はすんなりと俺を通した。

門番に加え、庭にいた使用人たちは、皆恭《うやうや》しく頭を下げて俺を通した。

目の前を通ると使用人たちは頭を下げるから、まるで人が波のようで、花道を通っているかのような気分になった。

元々俺は、じいさんに可愛《かわい》がられていると認識されている。

それに加えて、あのじいさんの誕生日以降、ますます丁重に扱われるようになった。

そのあたりを深く考えると怖いから、考えないようにした。

屋敷の門のところまでやってきて、俺たちは馬車から降りた。

出迎えてくれたメイドに、

「おじい様、いる？」

と聞いた。

「はい。大旦那様《おおだんなさま》は庭でお待ちです」

「お待ち？」

「マテオ様がいらっしゃることを存じ上げておりました。そのまま庭に通すようにと仰《おお》せつかっております」

「そうなんだ」

俺が来ることを知ってたって——こっちの屋敷のメイドから聞いたのかな。

まあ、じいさんならこれくらいのことは普通だと、俺はそう思って、ヘカテーに振り向いて、言った。

「じゃあ、いこっか」

「はい」

「この人たちをもてなしてあげてね」

「かしこまりました」

メイドに神官たちのことを頼んでから、ヘカテーを連れて庭に向かう。

庭の東屋《あずまや》みたいなところにじいさんがいた。

目が合うと、座っていたじいさんは両手を広げながらおもむろに立ち上がって。

「おおっ、よく来たな、マテオ。さあこっちに来て顔をよく見せてくれ」

「うん」

俺はじいさんに近づいた。

じいさんは、近づいた俺にしゃがんで、目の高さを合わせて見つめてきた。

「うむ、ますます男前になったのじゃ。そろそろ女どもが放っておかなくなるじゃろうな」

「そんなことないよ」

まだまだ六歳児なんだ。

こんな六歳児を放っておかない女たちはむしろ怖い。

「海はどうじゃった？」

「うん、楽しかった。陛下に色々見せてもらって――その他にも色々あって」

「そうかそうか。あの小童《こわっぱ》もいい仕事をしたのじゃ」

じいさんは相変わらず、皇帝を「小童」呼ばわりした。

それができる帝国臣民は、じいさんたった一人で、ある意味――じゃなくても普通にものすごい話だ。

「そうだ、今日はおじい様に紹介したい人がいるんだ」

「うむ、あそこにいる娘じゃな」

「うん」

「マテオのこれか」

じいさんは小指を立てて俺に聞いてきた。

古典的なジェスチャーで、分かりやすいのはいいけど――六歳児に聞くことじゃないだろ。

俺は微苦笑しつつ。

「ううん、違うよ。あの人はヘカテー。えっと……大聖女様なんだ」

「なんじゃ、代替わりしたのか」

じいさんはヘカテーの方を見た。

さっきまでの顔とは違って、ものすごく真剣な表情になった。

なるほど、そう解釈したか。

「わしもまだ摑《つか》んでいない情報を、その上さらに本人と知り合っているとはな。相変わらずさすがじゃな、マテオは」

「えっと、ちょっと違うんだ」

「ほう、何が違う」

今度は興味津々《しんしん》、って顔で俺を見つめてきた。

「ヘカテーは今の大聖女様なんだ。えっと、この言い方もおかしいや。えっと、三一七歳のあの大聖女様なんだ」

「……ふぅむ、どういうことじゃ？」

じいさんは再び真顔になって、俺に聞き返してきた。

そこで「そんな馬鹿な」とかそういった問答にならないのは話が早いし、ありがたかった。

俺はじいさんに説明した。

「どうやら僕、神様になっちゃったみたいなんだ」

「思ったよりも早かったのじゃ」

「え――――」

俺は思わず声を張り上げてしまった。

「は、早いって。どういう意味なの、おじい様」

「言葉通りの意味じゃ。マテオならいずれそうなると思っていたのじゃ」

「うそぉ⁉」

「ふっ、冗談じゃ」

じいさんはいたずらっ子のような笑顔を作った。

「さすがにそこまでは思ってはおらんのじゃ」

「そ、そうだよね。あはは、ちょっと驚いちゃったよ」

俺はすこしほっとした。

こんな与太話《よたばなし》に聞こえるようなことを、前々から本気で思われていたら、それはそれで怖い。

「……小童がそのうち帝位を禅譲《ぜんじょう》するだろうとは思っておったがな」

「え？　おじい様、今なんて？」

「いや、なんでもないのじゃ」

じいさんはすっとぼけた。

明らかにすっとぼけた顔をした。

なんかとんでもないことを言われた気がするけど……無視しよう。

うん、その方がいい。

「それでね、大聖女様に名前を付けたら、大聖女様が使徒《しと》になっちゃったんだ」

「使徒……青い血か」

じいさんはますます真顔になった。

「知ってるの？」

「知識くらいはな……本当か？」

「うん。見せてもらったけど、血は本当に青かった」

「……すごい話じゃな。いや、もっと詳しく聞かせてくれマテオ。これだけの話、要約で聞かされてはもったいない」

「そ、そうだね。えっと、まずはヘカテーと挨拶《あいさつ》してから？」

「おお、そうじゃったな」

声が聞こえるところで待機していたヘカテーは、ここで俺たちに近づいてきた。

「お初にお目にかかります、ローレンス公爵」

「むっ」

「どうしたの？　おじい様」

「初めてではないのじゃがな、と思っただけじゃ」

「そうなの？」

俺は驚き、ヘカテーを見た。

ヘカテーは小首を傾《かし》げて、困惑顔をした。

「いいえ、ローレンス公爵とは初めてのはずです」

「わしがまだ公爵になっていない、若いときの話じゃ。その時既にご老人だったがな。ガウレンブルクで会ったのじゃ」

「あそこにいたのですか」

「うむ」

「そうでしたか……それは大変でしたね」

「すでに風化して、思い出どころか記憶ですらなくなっているのじゃ」

「そう……」

過去の話で通じ合う二人。

ふと、二人の姿がぶれて見えた。

じいさんはたくましく精悍《せいかん》な青年で、ヘカテーは一昨日までそうだった老婆《ろうば》の姿に。

それも一瞬だけのこと。

目を瞬かせると、青年と老婆が逆転して老人と幼女に戻った。

「こちらへどうぞ」

「ありがとうございます」

戻ったが、じいさんはどことなくヘカテーに対して敬意を払って接している。

自らヘカテーを東屋《あずまや》に案内し、椅子《いす》を引いて彼女を座らせた。

俺もそこに入って、三人で向き合って座った。

そして、夏の間の出来事をじいさんに話した。

人魚と出会って、海の女王に気に入られて、海神の体を手に入れて、そしてルイザン教の神になった。

一連のことをじいさんに話した。

じいさんは興味津々と聞いて、ところどころ相づちを打ったりした。

ヘカテーも海神ボディのくだりはものすごく興味津々に聞いた。ルイザン教的には海神でも自分たちの神の別の姿だろうから、隠す必要はないだろうと思って全部話した。

「というわけなんだ」

「ふむ、そうなると、だ」

「え?」

じいさんはにやりとして、言った。

「わしが橋の下で拾ったのは神の子じゃったというわけじゃな。誰かが産んで捨てていったのではなく、最初から神が転生・降臨したというわけじゃ」

「そんな」

「おそらくはその通りでしょうね。そういう形で降臨なさったことが、教典の中にも頻出《ひんしゅつ》しています」

じいさんのいつものオーバーなあれだと思っていたら、ヘカテーがまさかの同意を示した。

「そうなの、ヘカテー？」

「むしろ神が降臨なさる場合、人間の子として――母の腹から生まれることの方が稀《まれ》でございます」

「そうなんだ」

「母の腹から生まれる場合も、全てが処女懐胎《しょじょかいたい》でございました」

じいさんとヘカテーは、今までの神の話で盛り上がった。

ヘカテーはもちろんだけど、じいさんもルイザン教の神について知識が結構深く、俺の知らない話ばかりだ。

ちょっと疎外感《そがい》があったが、盛り上がっている会話を邪魔するほどのものじゃない。

俺は気持ち一歩引いた形で、二人のやり取りを見守っていた。

「して、今日はわしになんの用じゃ？」

しばらくして、じいさんが思い出したかのように聞いてきた。

「そうだった。実はね――」

俺はヘカテーをここまで連れてきた目的を、じいさんに話した。

「なるほど、一人のばあさんとしてマテオにどう接するか、じゃな？」

「うん」

じいさんはヘカテーをじっと見つめた。

「ふむ、確かに……そのままでは無理じゃな」

「無理なの？」

「そのままでは、な。でも簡単なのじゃ、心構え一つだけでできる。しかし今のお前さんには無理じゃ」

「教えて下さい。何をどうすればいいのかを」

「責任を投げ捨てることじゃ」

「責任を……投げ捨てる……？」

小首を傾げるヘカテー。

うん？　なんか変な話になったぞ？

「老人はなぜ孫を可愛《かわい》がれる？　それは親とは違って、養育の直接的な責任を負わなくてよいからじゃ、じゃからとことん可愛がれる」

「……なるほどそうでしたか」

なるほどそうでしたか、じゃなくて。

いや、まあ。

そりゃそうなんだろうけど。

「じゃから、お前さんも立場と責任を忘れればいい。大聖女とかそういうのをな。一人の老人として、聡明叡智《そうめいえいち》にして才気煥発《さいきかんぱつ》、その上くるおしいほど可愛らしい子供が目の前にいた場合、どうしたい？」

「……」

ヘカテーは少し考えて。

「地上全ての権力を与えたい」

ちょっと⁉

ヘカテーはとんでもないことを言い出したのだった。

55 大聖女の図書館

「ほう、全ての権力を」

「はい。大聖女とは神の代行者。世界の全ては神の持ちものであるが、人間が知覚できる部分を管理・執行する代行者が大聖女です」

「なるほど、そこにある権力というわけじゃな」

得心顔をするじいさんに、頷《うなず》くヘカテー。

「しかし、それでは意味がありません。神から預かったものを別の人間に譲渡《じようと》するのはいいのですが、その相手が神では……」

「よいではないか」

「え？」

「マテオは神ではないからのう」

じいさんはニヤニヤ顔でいった。

誰が見ても、額面通りの言葉ではないぞと分かる発言だ。

どういうことだ？

しばらくして、ヘカテーがハッとした。

「……神は今、文字通り二つの顔を持っている」

「そうじゃ。海神《わたつみ》？　とマテオの二つの顔」

うん、物理的に二つの顔を持ってるな。

「マテオの方はわしの孫じゃ、聡明叡智にして才気煥発じゃが人間・貴族の孫じゃ。そのマテオに与えられるだけ与えればよい」

「たしかに！」

「死んだらな、あの世に何も持ってはいけんのじゃ。老人には一生涯《いっしょうがい》かけて積み上げてきたものは多くあるだろうが、何も持っていけぬ。おぬしもわしも、財産、というくくりでは山ほどのものがあるじゃろ？」

「ええ」

「あの世に持っていけぬ、さりとて、この歳《とし》になれば物欲も枯れて他に使い道もない」

「……だから、孫に使う」

「分かってきたではないか」

じいさんはにやりと笑った。

「まあ、老人同士、行き着く先は一緒じゃ。知識がなかろうとも本質は一緒じゃ」

「おっしゃるとおりですね」

二人は見つめあって、ふっと笑い合った。

やり取りからでも分かる。

俺を抜きにしても、老人同士通じ合うところがあったようだ。

不意に、ヘカテーは俺の方を向いた。

「マテオ」

彼女は「神」ではなく、「マテオ」と呼んだ。

「マテオは、何か欲しいものはありますか?」

「それなら……本だね」

権力をもらっても困るから、俺は無難なところ——しかし間違いなく俺がちゃんと欲しいものを口にした。

「本、ですか?」

「うん」

「そうじゃな、マテオは本が大好きじゃ。わしも皇帝の小童も定期的にマテオに本を贈っているぞ」

「なるほど……神と使徒《しと》のあの能力はそこから来ていましたね」

ヘカテーは納得した。

使徒として、神《俺》に祈りを捧げれば知識を献上する形になってることを知っている分、そのことをすごく納得した。

俺が本当に本が欲しいことを納得した。

「分かりました。本をたくさん集めますね、ルイザン教の信徒たちを使って」

「それはよい考えじゃ。国中にいる信徒を使えばあらゆる本が集まるじゃろうな」

確かに。

「あっ、でも無理矢理徴収《ちょうしゅう》はダメだよ。本って高いんだから、その人にとっての財産なんだから」

「それを神に献上――いえ、マテオにでしたね」

ヘカテーは気持ちうつむき、思案顔をした。

「分かりました、いい方法があります」

「いい方法？」

「はい。マテオが本をたくさん手に入れられて、信徒たちも本を失わず、幸せになれる方法を」

ヘカテーは真顔で言った。

嘘とか、誇張とか、そういうのは一切なく。

自分が思いついた方法に、強く自信を持っているという感じだ。

俺がたくさん本を手に入れられて、その上、信徒たちも本を失わずに幸せになれる方法？

そんな一石三鳥的な、夢のような方法なんてありえるのか？

☆

一週間後、俺は街の教会に来た。

ルイザン教の教会はあらゆる街にあって、以前は気にしていなかったが、俺の屋敷のある街にもそれが存在する。

そこへ、エヴァンジェリンと一緒に来た。

「すごく賑《にぎ》わってるね、パパ」

「人前でパパはやめて」

「えー、いいじゃん。パパはパパなんだから」

俺は苦笑いした。

見た目は十五、六歳の美少女であるエヴァ、角《つの》と翼は服装でうまく隠している。

そんな年頃の美少女が、六歳児の俺を「パパ」と呼ぶのは色々と注目を集めてしまう。

呼び方とか人前での接し方とか、へカテーに言えば、納得してその通りにしてくれるが、実年齢が一歳未満のエヴァは、その稚気《ちき》も相まって結構聞き分けがない。

可愛《かわい》いから、しょうがないって思えちゃうんだけど。

結局、俺は諦めて、教会を見た。

エヴァの言うとおり、ものすごく賑わっている。

「何をやってるんだろうね」

「なんだろうね」

俺たちは不思議そうに首を傾《かし》げ合った。

ヘカテーから説明はない。

ないが、ルイザン教の教会が急に活気づいたから、間違いなくヘカテーが何かをしたと思った俺は近寄った。

そこに一人の中年男がやってきて、教会に入っていこうとした。

胸元にものすごく大事そうに何かを抱えていて、顔は興奮気味だ。

「ちょっと待って、おじさん」

俺はその男を呼び止めた。

男は立ち止まって、興奮冷めやらぬ感じで俺を見た。

「どうした坊や」

「ここ、どうしたの？　普段よりもずっと賑やかだよね」

「知らないのか？」

「うん」

「大聖女様が『献書令』を出したんだ」

「けんしょれい？」

「そう、神様が降臨したから、その神様の名前を冠する、ありとあらゆる書物を揃えた大図書館を作るって」

「それって、本を差し出せってこと？」

「ふふん、それが違うんだな」

男は得意げに否定した。

ここで「得意げ」に「否定する」ことに、俺は首を傾げた。

「本をな、書き写して差し出すんだよ」

「書き写して？」

「そう。ただ持っている本を献上するだけなら誰でもできる、金さえ持っていればな。そうじゃなくて、持っている本を書き写して差し出すんだ。より正確に書き写せる信心が、神様に伝わるってわけだ」

「あっ……そうなんだ」

「さすが大聖女様、さすが神様だよな。貴族とか成金どもとかじゃなくて、俺たち庶民《しょみん》の信心も認めてもらえるチャンスを下さるんだから。本を書き写すための道具とか紙とか全部用意してくれるし、最高だぜ」

男はそう言って、得意げで興奮した表情のまま、教会の中に入っていった。

それを見送った俺は感心していた。

「すごいね姉さん、ナイスアイデアだよ」

「うん。すごいよね。さすが大聖女様だ」

俺もエヴァも納得し、感心した。

ヘカテーのそのお触れは、下手《へた》に本を差し出せというものよりも、遙《はる》かに多くの本が集まりそうだ。

人間は、自分の努力を認めてほしいものだ。

そして、その努力が「可能だと思える」ものならば、よりやる気が出るというもの。

一冊の本を、一つのミスもなく完全に書き写す。

不可能じゃない、全身全霊を込めれば可能なレベルの話。

それが、この盛況に繋《つな》がっているんだ。

「この調子だと、ものすごく集まるね、パパ」

「うん」

一体何冊の本が集まるんだろうか、と。

俺は今から、ものすごくわくわくするのだった。

56 願いは届く

ヘカテー大図書館。

発起人のヘカテーの名前を冠した図書館は、ものすごい急ピッチで建造が進められている。

大聖女の名において、神に捧げるための文化事業――ということで寄付と人がものすごく集まって、あり得ないスピードで建てられていった。

「……まるで街だね」

俺は目の前に繰り広げられている光景を見て、感嘆《かんたん》した。

あっちこっちで建造が進められているのは、図書館というよりは一つの街の開拓光景に見えた。

「規模が大きくなればこうもなります。皇帝の別荘と同じことかと」

俺の横で、大聖女にして第一使徒《しと》ヘカテーが答えてくれた。

ヘカテーは車椅子《くるまいす》に乗って、フードのようなもので顔を隠している。

その車椅子も、高位神官の服飾の男が押している。

大聖女が若返ったことはまだ浸透してなくて、しばらくは人前にはこういう形で出る必要がある、ってさっき聞かされた。

「そっか。でも、こんなに大規模に造る必要があったの？」

「百万冊の本が入る見込みですので、それに合わせてさらに余裕もって造らせてます」

「百万冊⁉」

俺は盛大にびっくりした。

「百万冊って……あの百万冊⁉」

驚きすぎて、自分でも何を言ってるのか分からない、という有様だ。

「はい」

「すごい……あっ、でも大丈夫なの？　そんなにだとお金が」

「大丈夫です、わたくしの資産を投入してますし、本を持たない信徒たちからの寄付も集まってます。それに、皇帝からも」

「陛下からも？」

「はい、かなりの額の寄付が寄せられております」

「そうなんだ……悪いことをしたかな」

また金を遣わせて。

いや、皇帝なら喜んで出してるんだろうな、っていうのは容易に想像できるけど。

「それなら大丈夫でしょう。今の皇帝は聡明です」

「どういうこと?」

「ただの寄付なら、誰かの懐《ふところ》に入ることもあるでしょうけど、現状金が入れば入るだけちゃんと使われます」

「うん、そうだね」

むしろ足りないくらいだ。

大図書館という名の街開拓。

百万冊の本を作るための紙、インク、その他材料。

そして、それに関わる人間の人件費。

金はいくらあっても足りないくらいだ。

「あの皇帝なら、金が回ることを前提に考えた上で、寄付をしていることでしょう。金が大きく動いている状況であれば、一を投入しただけで四や五になるまわり方をしますから」

「そうなんだ」

よく分からないが、そういうものだな。

「まあ、負担になってなきゃそれでいいんだが」

「でも、早く完成したのを見たいな。待ち遠しいよ」

「既に完成している建物を見ていかれますか?　本も順次運び込んでいますので」

「見たい！」

それはすごく見たい、今すぐ見たい。

「では――こちらへどうぞ」

ヘカテーが先導して進みだした。

車椅子を押されて、すいすい進む。

俺はそのヘカテーについていく。

大工や職人がせわしなく動き回る中、ヘカテーが進む道は常に相手が避けてくれるから、すんなりと進めた。

みなヘカテーを尊敬と畏怖《いふ》の目で見ている。

「すごいね」

「申し訳ありません、御前でありながら、虎の威《い》を借る狐のような形になってしまって」

「気にしないで」

しばらくして、落成したばかりの建物に着いた。

ヘカテーが先に中に入って、俺はついていく。

建物に入ってロビーに立つ。

付き人が扉を閉めると、ヘカテーは車椅子から立ち上がって、フードをはずした。

「ふう……」

息を吐いて、俺の方を向く。

「こちらが、今完成しているところで。便宜《べんぎ》上第一書庫と名付けておりますが、今後ちゃんとした名前に変える予定です」

「そっか」

「本はその扉の向こうです」

ヘカテーが付き人に目をやって、小さく頷《うなず》いた。

付き人は無言でロビーの奥にある扉に向かって、そこを開く。

すると――。

「わあ！」

俺はダッシュで奥に向かった。

本、本、本‼

本の山だった。

数千冊はあろうかという本が並べられていた。

「すごい！　こんなにいっぱいあるんだ」

「お気に召しましたでしょうか」

「うん！　ねえ、これを読んでいいの？」

「すべては神に献上するものでございますので、ご随意《ずいい》にどうぞ」

「ありがとう‼」

俺は早速、一番近くにある本棚《ほんだな》に飛びついて、本を一冊抜き取って読んだ。

読んだことのない本だ。

抜き取ったところのまわりを見た。

棚の全てが読んだことのない本だった。

「すごーい」

別の棚に向かった。

そこも全部読んだことのない本だった。

さらに別の棚に向かう。

都合数百冊くらいのところで、ようやく、読んだことのありそうな本があった。

それを手に取る、パラパラめくる。

やはり読んだことのある本だ。

「うん、内容は完璧《かんぺき》だね」

「内容は、でございますか？」

後ろからヘカテーが聞いてきた。

「うん。内容はね。挿絵があるよね、ここ。やっぱり画は難しいのかな、画はちょっと元々のものと違うかな」

「そうでしたか」

「でも、ちゃんと内容は伝わるから、これはこれで問題ないと思う」

「そうですか。どうなさいますか？　これを所蔵から外すことも」

「ええ!?　もったいないからこのままでいいよ」

「分かりました」

画は微妙だが、内容はちゃんと伝わるし、間違ってないから問題ない。

完璧な写本なんてあり得ないから、これはこれでいい。

俺はいくつか抜き取っては、パラパラめくってみた。

こんなにあると目移りしちゃう、何から読めばいいのか迷う。

異変はその時に起きた。

抜き取った一冊の本、それを棚から完全に取り出して、両手で持った瞬間。

本が――溶けた。

光に溶けて、俺の体に取り憑《つ》く。

「ど、どうしたのですか、それは!?」

驚愕《きょうがく》するヘカテー。

俺はちょっとだけ驚いたが、ちょっとだけだった。

「オーバードライブ……」

「オーバードライブ？」

「……ヘカテー、今の本、誰が写したのか分かる？」

「ええ、献上したものの素性《すじょう》は全部控えてますので、前後を調べれば、なくなったものは割り出せます」

「じゃあ調べて」

俺は真顔でヘカテーにいった。

オーバードライブできるほどの本を書き写した人間。

それはきっと、ものすごく敬虔《けいけん》な信心を持った人間。

新たに使徒になれるかもしれない人間だと思った。

57 金と黒

「すぐに調べなさい、大至急で、なにを差し置いてもすぐに」

「は、はい‼」

ヘカテーがそばにいる部下に命令を下した。

最優先の命令に、男は慌てて外に飛び出していった。

それを見送ってから、ヘカテーは改めておれの方を向いて、聞いてきた。

「その、オーバードライブというのはどういうものなのでしょうか」

「知らないの？」

「寡聞《かぶん》にして……」

ヘカテーは車椅子《くるまいす》に座ったまま、申し訳ない感じでうつむいてしまった。

「僕も、レイフ・マートンさんという人から聞いたんだけど。昔、聖魔戦争？　の時に天使が使ってた技なんだって」

「あれなのですか⁉」

「それは知ってるの？」

「はい。エンジェルハイロゥ……という名前で」

「そっか、名前が違うんだ」

俺は驚かなかった。

同じ事象でも、違う名前が付いてることなんて世の中にごまんとある。

「天使の輪が形を変えて武装になった、ということなのですが」

「うん、じゃあそれだね」

俺は腰の剣を抜いた。

あまり使うことはないが、皇帝からもらったものとともに、オーバードライブできるものは常に持ち歩くようにしている。

抜いた剣に力を込めると、刀身が溶けて消えた。

オーバードライブ――無形剣《むけいけん》。

「な、なんと」

「これで普通に切れるんだ」

そう言いながら、髪の毛を一本引き抜いて、見えない刀身の上に落とした。

ひらりひらりと滑り落ちる髪の毛は、見えない刀身に触れた途端ズバッと切れてしまった。

「ああっ！」

　それを見たヘカテーが驚きの声を上げる。

「こんな感じだね。見えないけど刃はあって、たぶん——普通の刃より切れ味がいいんじゃないかな」

「たしかに……エンジェルハイロゥとよく似ています」

「そうだね。なんでもこうなるんじゃなくて、作りが良いもの——極めた業物《わざもの》しかこうならないみたいなんだ」

「写本の作りが良い……敬虔な信心を持った者……？」

「うん、僕はそう思った」

「そうなのですね……」

　大きな驚きが収まってきて、緩《ゆる》やかな、静かなる感嘆《かんたん》に移行したヘカテー。

「……ところで」

「うん、なあに？」

「その写本がオーバードライブして、何か使えますでしょうか」

「使う？」

「はい。神が抜いたその剣は刃が見えなくなって、しかし切れ味が上がったとおっしゃっていました。写本はどうなのでしょうか」

「そっか。どうなんだろうね」

俺はオーバードライブを中の写本に意識を向けた。

何か特殊な力はあるのか？　と感じ取ってみる。

すると、世界が変わった。

「あっ……」

「どうなさいましたか」

「色が……」

「色？」

色が見えた。

ヘカテーと、そしてまだ残っているヘカテーの部下の「色」が見えた。

体の色が変わったわけじゃない。

背中に何かオーラ的なものを背負っていて、それが見えるというわけじゃない。

感覚的で、抽象的なものだけど、その人の「色」が見えてきた。

「なんの色でございますか？」

「うん、僕もまだよく分からない。なんか見えるんだ、色が。その人の」

「その人の」

「ヘカテーは金色だね」

「金、でございますか」

「そこにいるみんなは青色。この人だけ黒だね」

残った数人のうち、三人が青色で、一人が黒だった。

色がどういうことを表しているのか分からないから、ストレートに見えたものを話して、ヘカテーにも考えてもらう、という形を取った。

「なんか分かるかな」

「……」

ヘカテーは微《かす》かにうつむいて考えた後、顔を上げてまっすぐ見つめながら。

「神にご足労《そくろう》いただきたいのですが」

「うん？　どっか行くの？」

「はい。ローレンス公爵、あるいはエヴァンジェリンがどのような色なのかを見ていただきたいのです」

「なるほど、ちょっと待ってね」

俺は小さな水筒を取り出して、床に手の平一つ分くらいの水を撒《ま》いた。

そこに飛び込んで、水間ワープを使った。

屋敷に戻ってきた。

水のあるキッチンから廊下《ろうか》に出て、声を出して呼ぶ。

「エヴァ？　どこにいるの、エヴァ」

「みゅー！」

俺の声が聞こえたエヴァは、鳴き声を上げながら駆けてきた。

ちびドラゴンの姿で廊下を疾走して、俺のそばにやってきて、体をスリスリしてきた。

「ごめんねエヴァ、ちょっと顔を見せて」

俺はしゃがんで、ちびドラゴンの顔を両手でつかんで、まっすぐのぞき込んだ。

エヴァはきょとんとしたが、なにもせず俺にされるがままでいた。

「金色、か」

「みゅー？」

「うん、ありがとうエヴァ。詳しい話は分かったら改めて説明する」

「みゅっ！」

見た目はちび、頭はドラゴンなエヴァは、聞き分け良く頷《うなず》いた。

俺はキッチンに戻って、水間ワープで飛んだ。

今度は海底の神殿、人魚の女王のところだ。

「ああっ。海神《わたつみ》様、どうかしましたか？」

「ちょっと顔を見せて」

「はあ……」

女王は不思議がりながらも、言われた通りにした。

「金色……ありがとう。ごめんね、説明はまた今度」

「分かりました」

女王も素直に受け入れてくれた。

その後じいさんと皇帝に会ってきて、二人は銀色だった。

一通り見て回ると、水間ワープで図書館に戻ってきた。

戻った俺を見て、ヘカテーは平然としていたが、その部下は水間ワープに驚いていた。

それを無視して、ヘカテーに言う。

「いろいろ見てきた。エヴァと、人魚の女王は金色。おじい様と、陛下は銀色。屋敷のメイドたちも金色だったね」

「そうですか」

「何か分かったの？」

「はい。おそらくは……神に向けられる感情なのではないか、と」

「感情」

「おそらくは。エヴァンジェリンと人魚の女王——こちらは会ったことはないのですが、神からお聞きした話だと、わたくしたちと同じような感じだと思います。屋敷のメイドたちもです」

「なるほど」

たしかに、金色に見えている者たちは、いわゆる俺に「傅《かしず》く」人たちだ。

じいさんと皇帝は「溺愛《できあい》」してる人たち。

そう考えれば、感情というのは分かりやすい。

「大聖女様！」

男が駆け込んできた。

さっきヘカテーが命令して、それで飛び出していった男だ。

ヘカテーは男に聞いた。

「どうでしたか？」

「いました。この街に」

「この街に？」

「神へ捧げる図書館の建造に携《たずさ》わりたいということで、人夫として働いていました」

「そうですか――どうしましょうか？」

「会ってみたいけど、会えるかな」

「どうなのですか？」

「はい、すぐ外に」

「ではここへ」

「はい！」

男はもう一度飛び出した。

しばらくして、一人の女を連れて入ってきた。

女は一目で分かる――

「すごく……まぶしい金色だ……」

エヴァやヘカテーに勝るとも劣らないほどの、黄金色の輝きを放っている。

やっぱり感情なのか、と、俺が納得する一方で。

「……」

ヘカテーは、俺が言った「黒」の男をじっと見つめていた。

58 約束の地

「えとえと……あの……」

女は三十代の半ばから後半といったところか。

実年齢に似つかわしくなく、入室直後から慌てふためいているのが印象的だ。

「こちらが大聖女様であられる」

「あ、ああっ！　お、おおおおお目にかかれて――」

女はものすごく慌てて、ヘカテーに平伏した。

片やおそらくは一般信徒、そして片や神の代行者たる大聖女。

そりゃこうなるよなあ、と納得する俺だった。

ちなみに俺はマテオボディだから、特に見られることもなにか言われることもなかった。

「楽になさい。あなたに聞きたいことがあるの。まず、あなたが写した本を読んだわ、とても素晴らしかったわよ。神への信心がものすごく伝わってきたわ」

「――っ！　こ、こ、光栄です‼」

大聖女直々に信心の深さを褒《ほ》められて、彼女はものすごく感激した。

「えっと……お名前は？」

「カルラっていいます」

「カルラね。神へ思うことを聞きたいの」

「神様に、ですか？」

「ええ」

ヘカテーはちらっとこっちを見た。

俺はにこりと微笑《ほほえ》み返し、「全部任せる」と目で伝えた。

齢《よわい》三〇〇歳を超える大聖女。

方向性がちゃんと伝わっているのだから、俺が下手《へた》に口を出すよりもヘカテーに一任した方がいいと思った。

ヘカテーは俺にだけ分かる程度に小さく頷《うなず》いて、さらにカルラに聞いた。

「人はそれぞれの人生、それぞれの物語を持つ。神にそれほどの信心を持つのなら、間違いなく他の人間とは違う人生、違う物語を持つ。わたくしに聞かせて？　あなたと神の物語を」

「は、はい！」

ヘカテーの言葉をさらなる肯定ととらえたカルラ。実際肯定なんだろうなと俺も思った。

そうとらえたカルラは、さらに感激した様子で語り出す。

カルラが話す「神との出会い」は目新しいものじゃなかった。

人生のどん底、失意の底に落ちていた時に、ルイザン教＝神と出会い、それによって心を救われたという話。

美しく、感動的な話ではあるんだけど、ごまんとある話――でもあったりする。

それを、俺とヘカテーは集中して聞いていた。

ありきたりな話だが、彼女の信心は本物だ。

根拠は俺が今見えている、彼女の色。

圧倒的に光り輝く黄金色。

それがある限りカルラは他の信徒たちとは違う、その話は聞く価値があると俺もヘカテーも思っている。

「それで、神様は私に言ったんです。始まりの地で待つ、共に二つ目の希望を手にしようって」

「神がおっしゃった？　それはどこで？」

与太話《よたばなし》に聞こえるものをしかし、ヘカテーは否定することなく聞き返した。

「その……えっと……」

が、カルラが言いよどんでしまった。

もじもじして、ばつが悪そうな感じで目を背けてしまう。

「話して！　神との邂逅《かいこう》は、たとえどれほど荒唐無稽《こうとうむけい》であっても、神がなすことは総て正しく、荒唐無稽だと思う我々人間の常識の方が間違っているのですから」

「あっ……」

カルラはハッとした。

俺は「上手《うま》いな」と思いつつも、ヘカテーがもしかしたら本気でそう思っているのかもしれないとも思った。

ルイザン教の教義は一事が万事そうで、神は間違えない、神の行いがおかしいわけではなく、人間がおかしいのだ。

それをおそらく、カルラもよく知っている、ずっと聞かされてきたのだろう。

だからヘカテーが言うと、カルラはすぐに納得した。

「その、夢の中、です」

「夢の中」

「はい。何度も夢に出てきました。神様が。そして私に約束の地で待つって言ってくれたんです」

「そうでしたか。その約束の地がどこなのかは分かりますか？」

「すみません……あっ、でも、言われた場所なら」

「言われた場所？　夢の中ではないのですか？」

「夢の中なんですけど、毎回同じ場所なんです！　どこかの橋の下だと思うんです、あれは」

「橋の下」

「あっ……」

俺は思わず声を上げた。

するとヘカテーもカルラも、ヘカテーの部下たちも。

全員が一斉にこっちを向いた。

「どうかしたのですか？」

カルラの手前か、ヘカテーは恭《うやうや》しさを抑えた口調で聞いてきた。

「橋の下なら心当たりがあるかも」

「そうなのですか？」

「うん。ねえカルラさん、ちょっと一緒についてきてくれないかな」

「えっと……」

カルラはヘカテーを見た。

この子供はなんだ？　って顔をしている。

「落ち着いたらゆっくり説明します。今は――彼に協力をしてあげてください」

「分かりました、大聖女様がそう言うのなら」

「ありがとう」

俺はお礼の言葉を口にしつつ、水筒を取り出して、地面に水たまりを作った。

「カルラさん、こっちに来て」

「ええ……」

何をされるんだろう、という顔をしつつもこっちに向かってくるカルラ。

俺は彼女の手を取って、そのまま水たまりの中に飛び込んだ。

水間ワープで飛ぶ。

飛んだ先は――橋の下。

六年前に、俺がじいさんに拾われた、あの橋の下だ。

「えっ、えええええ⁉　こ、ここはどこ、いきなり何があったの？」

「それも後でゆっくり説明するよ。ねえ。ここなんじゃないの？　橋の下って」

「え？　……あっ、似てる」

「似てるんだ」

なるほど、と俺は思った。

約束の地で、橋の下。

それを聞いたおれが最初に思いついたのはここだった。

気がついたら赤ん坊の捨て子になって、橋の下にいた俺。

俺に関わっている「橋の下」ならここしかあり得ないだろうと思った。

そして、本当にここなら。

ここで何かがおきるはずだ。

俺はまわりを見回して、待った。

じいさんに拾われてから、初めてここに戻ってきた。

そこで何かが起きるのを待ったが……何も起こらなかった。

「おかしいな、違うのかな」

「えっと？」

「ねえ、僕——じゃなくて、神様は他に何か言ってなかった？」

「何かって？」

「約束の地以外で」

「二つ目の希望を共に手にしよう、のこと？」

ヘカテーの時と違って、カルラは子供に話すためのフランクな口調で答えた。

「二つ目の希望……」

それってどういう意味なんだろう。

俺はあごを摘《つ》まんで、その言葉の意味を考えた。

「二つ目……二つ目……」

それを重点的につぶやきつつ、考える。

二つ目の希望という言葉に、より「何かがある」と聞かれると、間違いなく「二つ目」なんだろうと思う。

二つ目ということは、一つ目がまずあるということだ。

一つ目の希望って、なんだろうかと考えた。

この橋の下ということは、じいさんがらみか？

それとも――

「あっ」

「今度はどうしたの？」

「……ちょっと、ここで待っててくれる？」

「え？　うん、いいけど」

「ごめん、すぐに戻るから」

俺はそう言って、橋の下の小川に飛び込んだ。

水間ジャンプ、そのまま海底に飛ぶ。

いつものように預けていた海神《わたつみ》ボディにレイズデッドで乗り換えて、マテオボディを預けてから、また水間ジャンプで橋の下に戻ってくる。

「きゃっ！　え？　あ、あなたは……？」

海神ボディで現れた俺に驚くカルラ。

これも「後で説明する」と言おうとした、その瞬間。

橋の下の地面、とある一点が光った。

そこは——。

「僕がいたところ……」

赤ん坊の俺が捨てられていたところの地面から光が浮かび上がって、俺に取り憑《つ》いてきた。

光が大いなる力の奔流《ほんりゅう》となって、体の中に流れ込んでくる。

そして——

「か、神様……神様なの!?」

カルラが俺を見つめながら言う。

光が収まった後。

小川の水面に映る俺の姿は、背中に六枚の翼を生やした、神々《こうごう》しい姿になっていたのだった。

59 月

「……見える」

「え？　な、なにを？」

戸惑うカルラ。

一方で、俺には見えた。

まるで導かれるように、背中の六枚羽を羽ばたかせて飛び上がる。

ものすごいスピードで飛び上がった。

世界中のどの鳥よりも速く。

同じ空の住人であるエヴァよりもさらに速く。

そんな速度で、一直線に、真上に飛び上がった。

青かった空を突き抜けて、黒めく空に突入する。

それでもまた、飛び上がる。

「あ、あの――」

「え？　ついてきたの？」

声に驚く。

真上に向かって上昇を続ける俺のそばに、ぴったりとついてくる感じのカルラ。

「は、はい！　なんだか分かりませんけど」

「そうなんだ」

「あの、あなたが……神様なんですか？」

「うーん、まあ。そうだね」

俺は曖昧《あいまい》に頷《うなず》いた。

海神《わたつみ》ボディだからそれでいいんだけど、やっぱりまだ、自分から「神だ」って名乗ることに抵抗があった。

「じゃあ！　いまから神様の世界に連れていってくれるんですか？」

「神の世界？」

「天界っていわれている……違うんですか？」

「……どうなんだろうね」

俺は真上を見つめた。

今でも上昇を続けている。

飛んでいるのは、俺の力によるものだ。

ただ、真上に向かって飛んでいるのは、何かに導かれて――という感じだ。

あそこに行かなきゃいけない、そう感じたから向かってる。

力を使って、まっすぐ向かってる。

「あぅ……」

いよいよあたりが真っ暗になって、カルラが怯《おび》えだした。

「大丈夫だよ、僕がいるから」

「あっ……はい！」

カルラは一瞬だけ戸惑った後、大きく頷いた。

俺がいる――神がいる。

そのことで、彼女は安心感を覚えたみたいだ。

「もしかして……」

「なあに？」

「あそこに行くんですか？」

「……なのかな」

俺は真上を見た。

青い空を抜けて、黒い空に突入した。

そしてその先には、徐々に大きくなって見える「月」があった。

そう、月だ。

いつも見えている夜の代名詞。

時には昼間でも見える、月。

上昇を続ける真上に、その月の姿があった。

だからカルラはそう思った。

「すごい……どんどん上ってる……」

「上ってるねえ」

上昇を続けた俺たちは、そのまま月に到着した。

ぐるりと反転して、カルラと共に月に着陸する。

逆に空を見上げる。

そこに、さっきまで俺たちがいた、青くて美しい大地があった。

逆に月は殺風景《さっぷうけい》だった。

どこまでも広がる荒野。

岩と土しか見あたらない無機質な感じの世界。

「殺風景だね、ここ」

「は、はい」

「まさか月に来てしまうなんて」

「は、はい……」

「そこ、何をしている！」

ものすごい剣幕で怒鳴られた。

声の方を向くと、男がこっちをにらんでいた。

俺たちをにらむ男は——背中に二枚の翼があった。

「翼だ……」

「神様と同じ……」

カルラのつぶやき通り、男の背中にある翼は、俺の背中にある翼ととてもよく似ていた。

違うのは俺の翼は六枚で、男のは二枚しかないということだ。

そのことを、男も気づいた。

「翼が六枚——お前、何者だ！」

「何者って言われても……」

どう答えたらいいんだろうか。

神だ、って言うのは違う気がする。

「おい、いたか！」

さらに別の男の声がした。

直後、ぞろぞろと集まってきた。

最初の男と同じように、背中に二枚の翼をもつ男たちが次々と現れた。

総勢十人も現れて、俺とカルラを取り囲んだ。

その男たちの「色」が見えた。

全員が――黒だ。

「なんなんだ、その少年は？」

「見ろ、背中に翼が――六枚もあるぞ」

「どういうことだ？」

人数は増えたが、「俺のこと」を知っている者はいないようだ。

だからといって、ここに来たのは、間違いだとは思わなかった。

なぜなら、背中に翼を生やした人間は他に見たことがない。

俺の背中から翼が生えた瞬間、ここに来なきゃいけないと思い、実際来てみたら翼が生えている者が他にもいたわけだ。

だから、ここに来たのは間違いではないはずだ。

俺はそうやって納得していたが、俺たちを囲む男たちはむしろ警戒心を強めた。

「どうする」

「捕まえて、長《おさ》に判断を仰《あお》ごう」

「そうだな」

男たちは一斉に頷いて、武器を抜き放つ。

それを構えて、俺に向けてくる。

すると――爆発した。

俺に向けた武器が、同じタイミングで一斉に爆発した。

剣やら槍やら、本来は「爆発」とはまったく無縁の武器が、一斉に爆発したのだ。

「な、何をした！」

「僕は何もしてないけど」

「でたらめを言うな！　我々の武器は祝福を受けたものだ、何もしないでこうなるはずがないだろう！」

「そう言われても……」

何もしてない、としか言いようがない。

実際に、本当に何もしてないいんだから。

「あ、当たり前だよ！」

俺のそばで、若干《じゃっかん》及び腰ながらも、勇気を振り絞《しぼ》って――って感じでカルラが男たちに向かって言いはなった。

「神様に武器を向けるなんて罰当たりなことをしたんだから、当たり前だよ！」

「「神だって？」」

男たちは驚き、一斉に俺を見た。
驚きが、敵意に取って代わる。
黒だった色が、一斉に揺らめきだした。

60 もうひとつの肉体

「も、もしかして白き星から来たのか？」

「白き星？」

どういうことなんだろうか、と俺は首を傾《かし》げた。

すると、聞いてきた男は、ちらっと俺の背後、空を見上げた。

振り向き、その視線の先を追いかけていくと——俺たちがさっきまでいた大地が見えた。

「あれのことなの？」

「ああ」

「うん、だったらそうだよ。ぼくたちはそこから来た」

認めると、瞬間、男たちがざわついた。

ますますどういうことなんだろうか、と疑問が深まった。

「何事じゃ」

ふと、男たちの背後からしわがれた老人の声が聞こえた。

声とともに現れたのは、四枚の翼を背中に持つ老人だった。

「長！　この少年が――」

「皆まで言わずとも良い」

老人が男の言葉を遮《さえぎ》った。

そして俺をしばし見つめ、崩れるように跪《ひざまず》いた。

「長!?」

「な、何を」

「お前たち、何をしている」

長と呼ばれる老人は頭を下げて視線を下に向けたまま、しかし頭上にいる男たちを叱責《しっせき》するような口調で言った。

「我らが最長老の帰還であるぞ」

「「――っ!!」」

瞬間、男たちが一斉に武器を捨てて、長を追従するように、俺に跪いた。

「「申し訳ありませんでした!!」」

と、一斉に俺に謝った。

「えっと、ごめん、状況がよく分からないんだけど」

「はい、僭越《せんえつ》ながら説明をさせていただきます。ここではなんですから、村までご足労をいただければ」

「うん、分かった。えっと……カルラも一緒でいいかな」

「最長老のお連れの方でございます、我らにとっても大事な客人となります」

「そっか」

　長の宣言にほっとした。

「ごめん、カルラ。話を聞きたいから一緒に来てくれる」

「はい、分かりました！」

　カルラはカルラで、俺を神だと思っているから、恭《うやうや》しい態度を崩してなかった。

　長たちが起き上がって、俺たちを案内した。

　しばらくして、荒野の中にぽつんと佇《たたず》むようにしている村にやってくる。

　殺風景というか、質素というか。

　質素ではあるが、ボロいわけじゃない。

　そこが少しアンバランスなイメージを受けた。

　俺たちはそのうちの一軒、長の家に案内された。

「こちらへどうぞ」

　家の中も質素そのもので、俺は上座に通された。

　少し戸惑ったが、ここで押し問答をしても話が進まないだけなので、まずは座って、話を聞くことにした。

二枚羽の男たちは家の外で待機して、家の中は俺とカルラ、そして四枚羽の長の三人になった。

「さて、まずは改めて――」

長はそう言って、再び俺に頭を下げた。

「最長老のおかげで、我らはこうして生き永らえております」

「どういうことなの？　僕があなたたちに何かをした？」

「それを説明する前に――これをご存じでしょうか」

長はそう言って、両手を突き出した。

両手とも手の平を上向きにして、そこに黒と白、二種類のエネルギーが現れた。

両方とも、長の中から出てくるのではなく、空気の中から集めてきた、って感じだ。

「白の魔力と黒の魔力？」

「はい」

「それがどうしたの？」

「遙《はる》か昔、白き星と黒き星、二つの星はそれぞれ、その名前と正反対の力しかありませんでした。白き星は黒い力を、黒き星には白い力を――と」

「そうだったんだ」

それは初めて聞いた。

どの書物にもそんなことは書かれてない。

それどころか、「それらしき」ことすら書かれていない。

「じゃあその頃って、魔法とかはどうしてたの？」

「へえ……」

「ございません。一種類の力しか存在しないため、魔法などというものはありませんでした」

「しかし、あるとき。この黒き星に災厄《さいやく》が訪れました。その災厄によって、我々同胞《どうほう》の命は、どんどん奪われていきました」

「……」

「その窮地《きゅうち》であなたが白き星から黒い力を迎えて、魔法を生み出して、災厄から我々を守ってくれました」

「そんなことをしたの？」

「はい」

長ははっきりと頷《うなず》いた。

目に迷いはない。

俺というか、前の神がやったことに、俺は驚いた。

これは、かなりの大事だ。

だって、もし長の言うことが本当なら。

それは同時に、向こうの大地にも魔法はなかったということだ。

魔法というのは、白と黒の魔力をこね合わせて使うもの。

長は、大昔は両方とも片方の力しかなかった。

とすれば、向こうの大地も黒の魔力だけで、魔法は使えなかったということだ。

今でこそ黒から白へ「変換」できるけど、白がなかった時代なら、そういうのがあると分からないなら、変換なんていう発想もなかっただろう。

「その後、あなた様は我々のために——ひいては二つの星に魔力を行き来させるために向こうへお渡りになった」

「そうだったんだ」

俺はうつむき、考えた。

長から聞いた話を自分の中で消化しようとする。

いきなりの話で、ちょっとだけ混乱してる。

「我々はずっとあなた様の体を守り、帰還を待っていました」

「僕の体?」

「はい」

「僕の体って、この体のことじゃないの?」

俺は自分に触れた。

海神《わたつみ》ボディ、神であるこの体。

今も六枚羽を生やしている、明らかに人間じゃない体。

「はい、あなた様が二つに分けて、おいていった肉体――あなた様の半身です」

「半身……‼」

「ど、どうしたの？　神様。ものすごくびっくりした顔をして」

カルラが聞いてきた。

彼女に答えるよりも、俺は長に聞いた。

「もしかして、その肉体って今でもちゃんと元のままだったりする？」

「もちろんでございます」

「……もしかして、その肉体って、白の力があったりする？」

「その通りでございます」

「‼」

もうひとつの肉体、白き魔力を持つ肉体。

この海神の肉体ですら、持っているのは黒い魔力だ。

それがあれば、もしかして白と黒と同時に体の中に持つことができる……？

「そこへ案内してくれるかな」

「はい、仰《おお》せのままに」

頷き、立ち上がる長。

俺は逸《はや》る気持ちを抑えて、カルラと共に、長についていく。

61 月の再生

俺たちは家の外に出た。

長は翼を羽ばたかせて、ふわりと飛び上がった。

「あ、あの！」

俺もそれに倣《なら》って飛ぼうとしたら、カルラが声をかけてきた。

目を向けると、彼女がものすごく不安そうにしているのが見えた。

そのまわりには翼を生やした月の住民がいる。

カルラはそれをちらちらと気にしてて、若干怯《じゃっかんおび》えている様子だ。

「大丈夫、一緒に行こう」

「──っ、はい！」

「じゃあ僕につかまって」

手をのばす。

カルラが手をつかむと、彼女を引き寄せて腰に手を回した。

そして、俺も六枚の翼を羽ばたかせて、ふわりと飛び上がる。

「おまたせ」

「では、こちらへ」

長はそう言って、俺たちが来た方角とは反対側に向かって飛び始めた。

俺はカルラを抱き寄せたまま、長の後についていく。

徐々に高度と速度を上げて、目的地に向かって飛んでいく。

高度を上げると、あることが分かった。

地上にいたときはただの荒野だと思っていたのだが、この高度から見下ろすと、広範囲にわたって地表が凸凹《でこぼこ》しているのが分かった。

「寂しい風景だね」

「かつての災厄《さいやく》の名残《なごり》です」

「その爪痕が今でも残ってるってことなんだ」

「はい。かつてはこちらも、緑豊かな大地が広がっておりました」

「そうなんだ……」

今の光景からじゃ想像もつかなかったが、不毛の大地からは「破壊された跡」というのがはっきりと見て取れたから、きっと長の言うようにかつては緑豊かだったんだろうな、と思った。

しばらくまっすぐに飛んでいき、俺たちがやってきた青い大地が地平線の向こうに隠れて見えなくなった。

そして、月の裏側に回ったくらいの距離を飛んだ先に——あった。

あたりが薄暗い中、そこだけが淡く光を放っている。

間違いなく目的地だ。

そこに、長に続いて着地する。

見あげたそこには巨大なクリスタルがあった。

淡い光を放っているクリスタルの中には、一人の老人の姿があった。

六枚の翼を背中に持ち、まるで彫像のような老人。

「……そっかぁ」

見た瞬間、なんとなく分かってしまった。

初めて見るはずなのに、心の底から懐かしさと安らかさが湧き上がった。

「これが、あなた様が残していった半身でございます」

「うん、分かる」

「そうなんですか？　神様」

「うん。この体——海神の体と反応している」

今までで初めて覚えた感覚だ。

なのに、それが二つの肉体の共鳴だとはっきり分かる。

俺は翼を羽ばたかせて飛び上がった。

飛び上がって、クリスタルにそっと触れる。

瞬間、光がさらに増した。

それまでは淡く穏やかな光だったのが、急に氾濫《はんらん》し出したかのように、光の奔流《ほんりゅう》がクリスタルの内部から溢《あふ》れだした。

その光に中《あ》てられたか、クリスタルが「溶けた」。

溶けて、光になってまわりに飛び散った。

光の中で、俺はもうひとつの肉体と対面する。

まるで「記憶」を思い起こすかの如く、手をさしだして、老人の肉体の胸に触れた。

光がさらに増した。

まるで爆発したかのように増大する。

「神様⁉」

地上からカルラの叫び声が聞こえた。

驚きと、俺の安否を案じているような声だ。

ドン！

何かが体の中に入ってきた。

形のないもの、しかしものすごく強いもの。

それが、体に押し入ってきた。

力が体の隅々まで行き渡る。

指の先端までもがパンパンとなってしまうほどの力。

しばらくして、それが収まっていく。

大量に何かを食べた後、一時的に腹が膨《ふく》らんで苦しくなるが、消化するとともに収まっていく。

それと同じように、体が破裂しそうなくらいの力が入ってきたが、それが徐々に体の元の力を融合していった。

目の前からはクリスタルと老人の肉体が消えた。

それらが全て俺に――この海神の肉体と同化した。

「感じる……」

体の中から感じる。

白と黒の、二種類の力があることを。

今までは黒の魔力しかなかったのが、白の魔力までもが体の中にあるようになった。

変換しなくても体の中に存在する二種類の魔力、俺は早速、その魔力で魔法を使ってみようとした。

「わああ……」

「おおっ‼」

地上から、カルラと長の感嘆《かんたん》する声が聞こえてきた。

二人が感嘆したのは、俺の変貌を見たせいだ。

自前の黒と白の魔力を使って魔法を行使しようとした瞬間、全身から黄金色のオーラが溢れ出した。

それだけじゃなく、髪の毛まで黄金色に輝きだしたのだ。

カルラは呆然《ぼうぜん》と俺を見あげてきたが、長はその場で跪《ひざまず》いて俺に平伏した。

「……紡《つむ》げ」

これまた、「記憶」を思い出すかの如く、魔法の術式が頭に浮かび上がってきた。

俺はその魔法を使った。

すると、足元から魔法陣が広がっていく。

それに一呼吸ほど遅れて、緑も足元から広がっていく。

どこまでも広がる荒野が緑に染まり、豊かな大地が戻り始めていた。

そして――見える。

緑が広がっていく大地の一角に、黄金色に輝くスポットがあることに。

「約束の地」

あれこそが、本当の約束の地なんだと。

融合を果たした肉体によみがえった肉体が、俺にそう教えていた。

62 理想の世界（始）

「約束の地……？」

訝《いぶか》しげにつぶやくカルラ。

それもそのはず、この言葉は元々彼女から出たもんだ。

彼女が夢の中で何度も見てきたというものだ。

「うん、あそこが、本当の約束の地っぽいんだ」

「本当ですか⁉」

「うん」

俺はすこし考えた。

もしも本当にそうなのだとしたら……。

俺は長《おさ》に振り向いた。

「ごめん、あそこにカルラと二人っきりで行ってみたいんだ」

「分かりました。どうぞ行ってらっしゃいませ」

長は理由を聞くことも、食い下がってくることもなく、あっさりと俺たちを送り出した。

「私は村に戻って、大地が復活したことを知らせて参ります」

「うん、分かった」

そう言って、長と別れた。

長は飛び上がって、来た道を引き返していく。

それを見送って、後ろ姿が見えなくなるのを待ってから、カルラの方を向く。

「じゃあ、ぼくたちも行こっか」

「はい！」

カルラをさっきと同じように、抱きかかえて飛びあがった。

緑がよみがえった大地。

その大地に一点だけ、天まで突き抜けるような光の柱。

そこに向かって飛んでいく。

「……なんか」

「うん？」

「なんか……ドキドキ、ううん、わくわくします」

「わくわくなの？」

「はい、わくわく……だと、思います」

確信のない口調のカルラ、たぶん、今まではなかった感覚だから困惑しているんだろう。

その感覚を「わくわく」だというのなら、カルラが今感じているのはかなりプラスな感情。

夢でずっと見ていた「約束の地」。

それに近づくにつれ「わくわく」するようになる。

俺までわくわくしてきた。

一体何が待ち構えているんだろうか、とわくわくしてきた。

程なくして、光の柱のところに来た。

「光……だけ？」

降り立ったカルラが、光る柱を見て困った顔をした。

そこは、なんら変哲のない場所だ。

まわりと同じ、よみがえったばかりの、一面に広がる草原の一部。

そこに、地面から光の柱が立ち上っているだけ。

何もないところから光が立ち上っているのだ。

光の柱の中も、外も。

地面も上空も。

何もかもなくて、ただただ、光る柱があるだけだ。

「どういうことなんでしょうか」

「そうだね……」

俺は慎重に手を伸ばして、光の柱に触れた。

「あっ！」

カルラが声を上げた。

俺も声を上げそうになるのを、とっさにこらえた。

手はすんなりと光の柱の中に入った。

何かに触れた感触はなく、熱くも冷たくもなく。

すんなりと光の中には入れた。

が。

光の中に入っている部分は見えなくなった。

手を水の中に入れると、水の中にある部分は歪んで見える。

そういうのと同じように、しかしもっと変化が大きく。

手を光の中に入れると、光の中にある部分はまったく見えなくなった。

手が光の柱によって切断されているような、不思議な光景になった。

「だ、大丈夫ですか？　神様」

「うん、なんともない。ほら」

俺は一旦手を抜きだした。

光の柱から出した手はなんともなかった。

もう一度入れてみた、今度は手首まで光の柱の境目に突っ込んだ。

すると、手首からすっぱりと切れているような不思議な見た目になる。

「不思議だね」

「そうですね……あっ」

カルラは手を伸ばしたが、バチッ！　放電が起きて、光の柱に手を弾かれた。

「大丈夫なの？」

「は、はい！　ちょっとビリビリするだけです」

「触れないの？」

「たぶん……あっ」

もう一度、今度はおそるおそるって感じで手を伸ばすカルラ。

するとさっきと同じように、バチバチと放電がおきて、彼女の手を弾き飛ばした。

「私じゃダメみたいです」

「約束の地なのに？」

「約束の地は神様のためにあるんです、きっと」

光の柱に触れられないことに意気消沈することもなく、カルラはむしろテンションをさらに高くしてそんなことを力説してきた。

「そうなのかな」

「きっとそうです」

「そっか……ちょっと中に入ってみる」

「はい！」

カルラに見送られて、俺は深呼吸一つしてから、えいやっ！　って感じで光の柱の中に入った。

手を入れても見えなくなるというだけで、何も起こらなかったが、全身を入れるのには勇気が必要だった。

全身を入れた瞬間、光が溢《あふ》れて目の前がまったく見えなくなった。

手を目の前にかざして、目をきつく閉じる。

光の奔流《ほんりゅう》が去っていくのをじっと待つ。

数十秒くらい経っただろうか、光が徐々に収まっていった。

目を開けられる程度にまで収まってくると、俺は目を見開いた。

「こ、ここは……」

まわりの景色の変わりように思いっきり驚いた。

まず――

「空の上？」

と思った。

エヴァに乗って飛んだときに見てきた、雲の上の景色によく似ている場所だ。

そしてその雲の上に、台のようなものがあった。

平べったい台だ。

普通の建造物ならば下に支える柱なりあるものだが、この「台」は一枚の巨大な板がそのまま空中に浮かんでいるという不思議な場所だった。

そして、台の真ん中に巨大な石碑《せきひ》があった。

石碑には不思議な紋様が刻まれていて、中心に大きな丸と紋様、まわりに十二個の小さな丸と紋様が刻まれている。

紋様はそれぞれが違うものになっている。

もっとよく見ようと近づくと、中心の大きな丸が光り出した！

「これって……」

大きな丸から十二本の光る線が伸びて、十二の小さな丸に向かったが、丸は何も反応することなく、やがて十二本の線が消えて、大きな丸の光も消えた。

「……まさか」

ある可能性が頭に浮かんだ。

俺は水筒を取り出して、水たまりを作って、水間ジャンプで飛んだ。

飛んだ先は、新しく建てた図書館。

そこでヘカテーたちがそのまま待っていた。

「神？　そのお姿は……？」

「後で説明するから、ちょっと一緒に来てくれるかな」

「分かりました」

ヘカテーは何も聞き返すことなく、即答した。

彼女の手を取って、再び水に飛び込んで水間ジャンプでさっきの場所に戻ってきた。

さすがにこれには戸惑ったのか、ヘカテーが驚きの顔でまわりを見回した。

「ここは……」

「これも後で説明するよ」

「分かりました」

ヘカテーと共に石碑に近づいた。

すると、さっきと同じように大きな丸が光った、十二本の光る線が伸びていった。

そしてここからがさっきと違った。

十二個の小さな丸のうち、真上にある一番目の丸が光って、線と――大きな丸と繋《つな》がった。

「やっぱり」

「神とわたくし、ということですか」

ヘカテーはさすがに頭の回転が早く、すぐに状況を理解した。

「そういうことみたい」

「ということは、神の使徒《しと》は十二人いることになるのでしょうか」

「そうかもしれない」

俺は頷《うなず》いた。

ヘカテーの推測はきっと正しいと思った。

次の瞬間、またもや光が溢れた。

目の前に、ある光景が広がった。

光景は一瞬だけしか見えず、すぐに空の上の台に――約束の地に戻ってきた。

「……今の、見た？」

「はい」

ヘカテーははっきりと頷いた。

彼女をして、少し驚いているように見えた。

一瞬だけだったが、俺たちにははっきりと見えた。

光景としては、ほとんど見えなかった。

見えたのは、概念《がいねん》。

「神の元に十二人集まれば」

それで「理想の世界」になる。

「お供します、どこまでも」

「ありがとう」

約束の地。

残念だけど、すぐに何かが達成されるということはなかったが。

この地にやってきたことで、より「希望に満ちた未来」という概念を見つけて。

俺は、転生してから一番、大きな目標を見つけたのだった。

63 ガラスの靴

約束の地で、俺はヘカテー、エヴァ、そしてカルラの三人といた。

ヘカテーの次にエヴァを連れてくると、二人目を意味する二つ目の小丸に光が灯った。

そんな二つの光を背に、俺はカルラと向き合う。

「改めて……あなたをメーティスと名付ける。地上最初の生物が死んだ後、その脳髄《のうずい》から生まれた知識の妖精の名前だよ」

カルラに「メーティス」という名前を付けた。

エヴァンジェリン、そしてヘカテーの時と同じように、俺が転生してから得た知識の中で、ピンときた名前を付ける。

すると、メーティスの体が光った。

全身が光を放って、見えないほどまぶしくなる。

目を閉じて光を交わして、収まるのを待つ。

しばらくして、光が収まって目を開ける。

そこに、知的そうな女がいた。

顔の基本的な作りはカルラのままだが、もとのカルラから二十歳くらい若返って、その上、顔だけではなく体全体が引き締まって、凜然《りんぜん》とした空気を纏《まと》っていた。

「これが……私？」

メーティスは自分の変貌《へんぼう》に驚いた。

手を見つめ、顔を触って驚く。

「パパの使徒《しと》になると見た目も変わるから」

「神の祝福と思うといいですよ」

使徒としての先輩二人、エヴァとヘカテーがそう言った。

エヴァのことはまだよく知らないが、ルイザン教の大聖女であるヘカテーがそう言うのなら
――って感じの顔で受け入れるメーティス。

一方で、俺は石碑の方を向いた。

「三つ目、光ったね」

「やっぱりあたしたちの数だったんだね」

「そうみたいだ」

「では早めに残りの九人を集めるべきですが、心当たりはありませんか？」

ヘカテーがそう聞いてきた。

俺は首を横に振った。

「それが全然。さっきエヴァとメーティスを迎えに行ったけど、他の人を見ても、そういう感じがしなかった」

「選ばれし者じゃなくて、運命の者、ってことなんだね」

エヴァが言って、俺は頷いた。

まさにそういうことなんだろうなと思った。

俺が選ぶというわけじゃなくて、たぶんもとからそういう資質か、そういう運命をもった人間が名付けによって使徒に目覚めるということなんだろう。

適当にあと九人集めて、パパッと名前を付けて十二人揃えればいい、というわけではないようだ。

「なにか心当たりはありませんか、ルイザン教の総力をあげて探し出してご覧にいれます」

「うーん、それがよく分からないんだ。見れば分かるかなあ、とは思うけど」

「焦らない焦らない、パパが焦ってないんだから、あたしたちが焦っててもどうにもならないから」

「それもそうですね」

ヘカテーは頷き、納得して引き下がった。

俺も頷いた。

うん、この件は……ひとまずこれまでだな。

「たぶん、実際に会わなくても、メーティスが書いた写本のように、関係しているものを目にすれば分かるんだから、僕が普段の生活から注意深くして見てるよ。その上で協力が必要だったらお願いするね」

「はい、御心のままに」

ヘカテーはしずしずと一礼した。

「それと――メーティス。一つお願いしたいことがあるんだ。メーティスのあの写本を作った真剣さを見込んで」

「なんでもおっしゃってください！」

「あの街で、本をとにかく読んでいてほしい。使徒が得た知識は、祈りを捧げると僕の知識になるんだ。メーティスほど真剣に読み込んで、僕に知識を反映してくれたら心強いんだ」

「――ッッ‼　お任せ下さい！」

「ヘカテーも、それでお願いできるかな」

「承知致しました。あの街において、メーティスが自由に動けるように手配します」

「ありがとう！」

これでよし。

後はメーティスが、あの街に集められた本を読んで、知識を俺に反映させてくれる。

知識が半永久的にどんどん増えることを考えると、俺はますます興奮したのだった。

☆

彼女に名前はなかった。

生まれてすぐに人生の全てを否定されて、自分の望まない、他人のための人生を強《し》いられた。

帝国皇帝。

女に生まれながら、自身が傾城傾国《けいせいけいこく》の美女たる資質を持ちながらも、女であることを否定されて、皇帝として——男として生きなくてはならなくなった。

そのことを疑問に思ったことは少ない。

なぜならそうしなければならなかったし、それができるのが自分だけだと分かっている。

それでいいと思った。

自分の使命だと思えば、何も苦痛ではない。

しかし、それは「知らなかった」ゆえの結果でしかなかった。

『綺麗《きれい》な人……』

あの日以来、彼女の脳裏《のうり》にずっとその言葉がリフレインしていた。

おそらくは先入観なしに、そして純粋なる子供の目で。

皇帝の姿を、皇帝ではなく一人の女としてとらえたからこそ出た言葉だ。

その日を境に、彼女の頭の中にある思いが芽生《めば》えた。

それは日に日に大きくなり、彼女の胸を焦がすようになった。

同時に、不安も芽生えた。

本当に自分は美しいのだろうか。

いやそれ以前に。

自分は果たして女に見えるのだろうか。

その不安が日に日に大きくなって、胸を焦がすようになる。

彼女は知りたくなった。

それを確認した。

生まれて初めての女装——女なのに女装をして、宮殿を抜け出して街に出た。

街を歩くだけで、注目を集めた。

皆が驚いた顔で彼女を見ている。

彼女は不安になった。

なぜ驚くのだろうか。

その驚きはどういう感情なのだろうか。

普通に女として生きていれば、その類《たぐい》の視線が美しい者に向けられた好意的なものであると分かるのだが、残念ながら彼女は女の格好をしたのもこれが初めてなのだから、それを理解できる経験と知識はなかった。

女の格好をして街に出て、実際に美女であることを証明したが、悲しいことに本人がそれを理解できなかった。

そのことは理解できなかったが、あることはすぐに分かった。

道の向こう側から、マテオの姿が見えた。

六歳の少年は、いつものようにまわりを好奇心たっぷりの目で眺めながら、徐々にこっちに向かってくる。

彼女は逃げ出した。

なぜかは分からないが、この格好をマテオに見られたくないと思った。

だから逃げ出した。

「あっ……」

慌てて逃げ出したから、靴《くつ》が――ハイヒールが脱げてしまった。

拾おうとしたが、マテオがさらに近づいてくる。

彼女はそれを拾えずに、一目散で逃げ出してしまった。

街中をあっちこっち見て回った。

マテオボディで、あれこれ見回して、使徒らしき者の姿を探した。

☆

それは見つからなかった——が。

「えっ」

俺は驚き、見かけたそれに駆け寄った。

しゃがんで、拾い上げる。

それはガラスの——いやガラスでできたハイヒール。

「一緒だ……」

ハイヒールが放つオーラは、メーティスの写本とまったく同じものだった。

64 無自覚な告白

……つまり、このハイヒールの持ち主か。

メーティスの写本と同じってことは、このハイヒールの持ち主が四人目の使徒《しと》の可能性が非常に高いってことだ。

だったら、何がなんでも探し出さなきゃだ。

俺はまわりを見回した。

「……うかつ」

完全に見失ってしまった。

元々ギリギリでの追跡だった上に、ハイヒールのオーラに目を奪われて、それで完全に見失ってしまった。

「……こうなったら」

☆

俺は水間ワープで、ヘカテーの居場所に飛んだ。

場所ではなく、「ヘカテー」の所在地を感じ取って、彼女から一番近い「水」にワープした。

使徒となって、俺とつながりが強くなったためにできるようになった芸当だ。

だから、初めて来た場所だ。

どうやら書斎のような場所で、ヘカテーは何か書きものをしている。

「神？　どうかなさったのですか？」

「うん、ちょっと頼みたいことがあって――って、何この噴水は」

頼みごとをする前に、俺はヘカテーの書斎にある、俺が水間ワープで出てきた「噴水」が気になった。

小さな盆栽《ぼんさい》くらいのサイズのオブジェで、どういう仕掛けなのか、どこにも繋《つな》がっていない小さな盆栽サイズなのに、絶えず噴水として噴き出ている。

噴き出た水が下の受け皿に流れて、そこからさらに噴水として噴き上がる――エンドレスな構造だ。

「マーテオの聖水、と名付けました」

「マーテオの聖水……僕の名前にちょっと似てるね」

「はい。本当の用途はあっちこっちに配ることで、神が自由に移動できる環境を作るためです。そのため、ありがたさを出すために、こうして単独でも噴水として機能し続ける構造で作らせました」

「なるほど」

俺はマーテオの聖水とやらをじっくり観察した。

噴水というよりは、聖なる泉――的な名前を付けた方がそれっぽい。

まあそんなことはどうでもいい。

今はそれを気にしてる場合じゃない。

「それよりもヘカテー、一つお願いしたいことがあるんだ」

「はい、なんなりと」

「このハイヒールの持ち主を探し出してほしい」

「これは……ガラスのハイヒール。サイズからして、成人した女性のものですね」

「うん」

「分かりました。これは神の敵ですか？　味方ですか？」

ヘカテーはざっくりとした区分で聞いてきた。

彼女の立場からすればそれが一番重要で、それさえ分かれば後は重要じゃないってのがよく分かる質問だ。

「メーティスの写本と同じオーラを感じたんだ」

「‼　つまり第四の使徒」

「そうかもしれない」

「分かりました。ルイザン教を総動員して探させます」

「うん」

俺はヘカテーに、ハイヒールを拾った街のことを話した。

「だから、その街から探せばいいと思うんだ」

「分かりました」

☆

ヘカテーの動きは早かった。

次の日、早速持ち主探しがはじまった。

神が探している人――と銘打《めいう》って、街の中で大々的にガラスのハイヒールを使って探した。

ルイザン教の女信徒が次々と、急にこしらえた会場で受付を済まし、ガラスのハイヒールを試しに履《は》いた。

しかし、一人として足に合う者はいなかった。

それを、少し離れたところで見守っている俺とヘカテー。

「見つからないね」

「申し訳ありません……」

「ううん、ヘカテーに責任はまったくないよ。ここまでやってくれたんだから」

俺は本気でそう思った。

ヘカテーに責任は一切ない。

むしろ彼女はすごくよくやってくれてる、落ち着いて考えれば大げさなくらいよくやってくれてる。

街に住む信徒、女を全員呼び出した形で持ち主を探してくれた。

ここまでやってくれたら、見つからなくても責められない。

とはいえ。

「このまま見つからないのかな」

「考えられるのは、神が探している相手は信徒ではないということ。それなら招集に応じず、見つからないのもうなずけます」

「そうなんだ……」

「その場合、皇帝に頼るのがよろしいかと」

「陛下に？」

「はい。皇帝は現人としての神を溺愛《できあい》しているとうかがいました。人探しくらいならば……と」

「そっか」

俺は少し考えた、そして頷いた。

うん、そうだな。

皇帝が今まで俺にしてくれたことを考えれば、人間一人探すぐらいのおねだりなら聞いてくれる可能性が高い。

「ありがとうヘカテー、陛下に話してみる」

☆

水間ワープで、今度は宮殿近くに飛んできた。

ヘカテーの屋敷と違って、さすがに皇帝の宮殿の中にいきなり飛ぶわけにはいかない。

近くの裏路地の水溜まりに一旦水間ワープで移動してから、後は自分の足で宮殿に向かった。

門番は顔見知りで、謁見《えっけん》したいと言ったら最小限の手続きで通してくれた。

皇帝は庭にいると聞かされた。

宮殿に入って、庭にやってきた。

庭の噴水の近くに皇帝がいた。

噴水のそばの東屋《あずまや》で、紅茶を飲んで優雅な昼下がりを満喫《まんきつ》していた。

俺は皇帝に近づき、さっと片膝をついた。

「堅苦しいのはよい。それよりどうした、マテオ」

「あのね、陛下にお願いしたいことがあるんだ」

「めずらしいな、マテオが余《よ》に頼みごとなど」

皇帝は楽しげに笑った。

「いいだろう、言ってみろ」

「あのね——人を探しているんだ」

俺はガラスのハイヒールのことを話した。

昨日街中で出会って、追いかけたら見失ってしまったが、相手が履いていたガラスのハイヒールを手に入れていること。

「そのハイヒールの持ち主を探したいんだ」

「そ、そうか」

うん？

どうしたんだ？

なぜか普段と違って、若干《じゃっかん》焦っているように見える皇帝。

「どうしたの陛下？　顔が赤いけど……具合でも悪いの？」

「い、いやそんなことはない。ごほん」

皇帝は咳払《せきばら》いして、話を変えた。

焦っているのを追及されたくないのは分かった。

皇帝のそういうことを追及してもいいことはないから、俺は普通にスルーすることにした。

「お願いしてもいいかな？」

「それはよいが……その『女』を探し出してどうするのだ？」

皇帝が「女」を強調したのがちょっとひっかかったが、さっきのやり取りもあって気にしないように頑張った。

「えっとね……」

俺は考えた。

さてどう説明しようかと悩んだ。

どう説明したら、すんなり納得してもらえて、話がこじれないのかを考えた。

神と使徒――だと話のスケールが大きすぎて、場合にとっては皇帝と「権力者」って意味でバッティングするかもしれない。

今更かもしれないけど、だからこそ「より話が進む」のを避けたい。

俺は色々考えた。

考え込む俺を、皇帝は小首を傾《かし》げながら眺めつつ、紅茶に口をつけながら、答えを待ってくれた。

その間、俺は色々と考えて、「権力」とは一切関係なしの、プライベートなニュアンスに落としてみた。

「運命の人、だと思うんだ」

我ながらナイスなたとえだった。

約束の地に連れていくための、十二人の使徒。

うん、それはある種の運命だ。

そして六歳児の子供の口から出た「運命の人」は微笑《ほほえ》ましさしかないはずだ。

その表現を思いつけた俺は、自分自身を褒《ほ》めてあげたくなったが。

「ぶほぉぉぉ‼」

皇帝が、飲みかけた紅茶を盛大に噴き出した。

いきなりのことで避けることもできなくて、俺は紅茶を思いっきり噴きかけられた。

「あぁっ！　す、すまん、マテオ」

「ううん、大丈夫だよ」

俺はそう言って、「水を弾いた」。

海の底でもらったオーバードライブのおかげで、マテオボディでもある程度の水の操作ができる。

髪も顔も服さえもが、ビショビショに濡れたが、それを弾き出すことで一瞬で乾かした。

「ほらね」

「おお、さすがだ……って、そうじゃなくて」

皇帝はプルプルと首を振って。

「い、今なんと言った？　マテオ」

「運命の人？」

「――っ！」

皇帝は再び驚愕《きようがく》した。

俺が言った「運命の人」に思いっきり引っかかったようだ。

なぜか顔を真っ赤にして、俺を見つめてくる。

そして、不思議なことに。

どこからともなく「キュン」って音が聞こえてきた。

65 イシュタルの靴

「どうしたの陛下？」

「い、いや、なんでもない。うむ、なんでもないぞ」

なんでもないと言いながらも、皇帝は思いっきりうろたえていた。

なんでもなくはないというのは、三歳児が見てても分かるくらいのうろたえっぷりだ。

俺は少し迷った。

このまま突っ込むべきか、スルーするべきか。

「ま、マテオよ」

「うん？　なあに」

「その運命の人とやらには……何をするのだ？」

「え？　うん、そうだね」

俺は少し考えた。

やっぱりスルーした方がいいと思いつつ、当たり障《さわ》りのないところを皇帝に話すことにした。

「名前を付ける？　かな」

「名前を？」

俺の言うことを不思議に思った皇帝は、うろたえていたのが鳴りをひそめて、代わりに疑問の表情を浮かべた。

「うん、詳しい話は内緒なんだけど。運命の人には名前を付けなきゃいけないんだ」

「名前を、か。……新しい人生と考えればむしろ必然か」

「え？　なんか言った」

「いや、なんでもない！」

皇帝が何かぶつぶつ言ったのを俺に聞かれて、慌てて否定した。

「ちなみに、その女にはなんと名前を付けるのだ？」

「そういえば考えてなかった……どんなのがいいのかな」

俺はあごを摘《つ》まんで、微《かす》かにうつむき、考えた。

マテオになってから得た知識の中から、相応《ふさわ》しいものを選び出す。

「……イシュタル」

「イシュタル？」

「うん、歴史上、一番美しく、一番モテモテだった美人の名前。一瞬ちらっと見ただけだけど、すごく綺麗《きれい》で……もっともっと綺麗になると思ったから」

「イシュタル……」

舌の上で転がすかのように、その名前をつぶやく皇帝。

俺はにこりと笑い、それを「確定させる」かのように頷《うなず》いた。

「うん、イシュタル」

「イシュタル……か。素晴らしい名前だな」

「ありがとう」

「では、イシュタル探しのことは余《よ》に任せてもらおう」

「本当？」

「うむ、例の探し方をそのまま続けておくといい。三日以内に本人がそこに行くように仕向けよう」

「ありがとう！　陛下！」

俺は皇帝に心からの感謝の言葉を向けた。

地上最高の権力者、皇帝がその気になれば、もう見つけたも同然だ。

☆

夜。

四人目の使徒《しと》――イシュタルの件はひとまず皇帝に預けた形になったから、俺は水間ワープでヘカテーのところにやってきた。

「あれ？　ここは？」

出てきた場所はヘカテーの部屋じゃなかった。

見慣れない場所だった。

目の前にはあの不思議な噴水のオブジェ――マーテオの聖水がある。

俺はヘカテーが持っているマーテオの聖水を目印に飛んできたから、ここがどこなのか分からなかった。

直後――ガラガラガラという音とともに。

「え？」

「え？」

驚いたヘカテーの声がした。

声に振り向くと――俺も驚いた。

「へ、へへへカテー!?」

現れたヘカテーは裸だった。

より正しく言えば湯上がり姿だった。

「ひゃう！」

「ご、ごめんなさい！　また後で来る！」

俺は慌ててマーテオの聖水に飛び込んで、水間ワープで適当なところに飛んだ。

適当に飛んだ先は、海の中だった。

海神の能力、水間ワープ。

慌ててとっさに飛んだ先は、一番イメージしやすい海になった。

海の中で、俺はパニックで高鳴った鼓動を抑える。

びっくりした……いや。

「あやまらなきゃ」

事故とはいえ、ヘカテーの裸を見てしまったのは事実だ。

ちゃんと謝らなきゃ。

俺は大事をとって、一時間くらい海の中で頭を冷やしつつ、それからまた水間ワープでヘカテーの持つマーテオの聖水に飛んだ。

今度はヘカテーの部屋だった。

ヘカテーがちゃんと服を着た状態で俺を待っていた。

「神──」

「ごめんなさい！」

ヘカテーが何か言う前に、俺は先に謝った。

パッと頭を下げて、腰を九十度に折り曲げて謝った。

「あ、頭を上げて下さい。謝られることは何も！」

「でも、裸を見ちゃってごめんなさい。わざとじゃないんだけど、それでもごめんなさい。お願い許して」

「どうか、頭を上げて下さい」

俺は頭をおそるおそる上げた。

ヘカテーは半ばパニックになったかのような顔をしていた。

「えっと、許してくれる？」

「もちろんです！　怒ってなどいません。そもそもこの体、髪の毛一本血の一滴にいたるまで全てが神の持ちもの。それを見たからといって神が謝られることは何一つございません」

「そ、そうなんだ」

それはそれでどうなのかと思うが……うん、このことはこれ以上触れない方がよさそうだ。

若返ったヘカテーの体はものすごく綺麗だった。

その記憶を、頭の中から消そうとした。

「そうだ、ねえヘカテー。例の靴《くつ》は今どこ？」

「ガラスのハイヒールでしょうか。それなら夜の間は厳重に保管をさせていただいておりますが」

「ちょっと持ってきてくれるかな」

「かしこまりました」

ヘカテーは頷き、使用人を呼んで、耳打ちした。

程なくして、使用人が複数人やってきて、「厳重」に相応《ふさわ》しい態勢でガラスのハイヒールを警護してやってきた。

「ちょっと大げさなんじゃないかな」

「そんなことはございません。神からお預かりしたものでございます。神ご自身の持ちものであれば聖遺物指定してしかるべきものでございます」

「お、大げさすぎる」

知らない女——イシュタルの持ちものだからそうじゃないけど、俺のものだったら聖遺物になってたってことか。

ヘカテーもメーティスも、ルイザン教の面々はこういうところが大げさすぎる。

「もうちょっと、エヴァみたいに気楽になればいいのに」

「承知致しました、おっしゃるとおりに致します」

俺の言うことを受け入れてくれたヘカテーだが、それもなんか違うと思った。

なんとなく「自由にしろ」という主人の命令に縛《しば》られた従者の話——寓話《ぐうわ》を思い出した。

「それよりも、それをちょっと貸して」

「はい、どうぞ」

ヘカテーは手を振って、ガラスの靴をガードしていた者たちを下がらせた。

俺はガラスの靴にそっと触れた。

「ちょっと細工《さいく》をしちゃおっと」

「何をなさるのですか？」

「実はね、四人目の名前が決まったんだ。イシュタル——って付けるつもり」

「イシュタル……あの美女の？」

「うん」

さすがヘカテー、博識だ。

「このガラスの靴を落としていった時、ほとんど後ろ姿だけど、綺麗だって思ったんだ。それで、ヘカテーたちも、名前を付けた時は見た目が変わったじゃない」

「はい」

「その人もきっと変わるし……たぶんもっと綺麗になるんじゃないかって思ったんだ」

「そうなのですか」

俺はガラスの靴を持った。

メーティス——かつてはカルラがやったのと同じように、ガラスの靴に強い気持ちを込める。

その靴を「イシュタルの靴」にした。

淡い光が俺の手から放たれて、靴に吸い込まれていった。

「うん、成功だね。これで二重の意味で、イシュタルにしか履《は》けなくなったはず」

頷く俺。

たとえ足のサイズがあってても、本人じゃなかったら履けなくなったはずだ。

「そのようなことまで……さすが神でございます」

「じゃあ明日からもこれを出し続けてね。たぶん、三日以内に現れるはずだから」

「かしこまりました」

これで、やるべきことはやった。

後は……相手が現れるのを待つだけだ。

66 正解

夜、自分の部屋。

俺はメーティスから流れ込んできた知識の整理をしていた。

ヘカテーら使徒《しと》たちとの約束で、祈りを捧げることによる知識の共有は、一日一回までにした。

そのうち、一番行動パターンがシンプルなメーティスは、毎日の深夜の決まった時間にそうすることになった。

そうして送られてきた知識を、頭の中で整理する。

使徒を持つ前――つまり持たない人間には分かりにくい感覚だが、使徒から送られてきた知識はそのままじゃあまり使えたものじゃない。

一度整理する必要がある。

ちなみにこの整理というのは、本の目次を読むような感覚だ。

目次を読むだけで内容が頭に入ってくる。

多少の手順を踏む必要があるが、今までに比べると圧倒的に効率がいい。

今日もそれをしていると、ふと、面白い知識が見つかった。

「へえ、そんなこともあったんだ」

「なにがあったの？　パパ」

「うわっ！　びっくりしたよエヴァ」

「あはは、ごめんなさい」

いきなり現れたエヴァは悪びれることなく、笑顔のまま形ばかりの手を合わせる仕草をした。

「で、何があったの？」

「うん、メーティスから送られてきた歴史の知識なんだけどね。昔の皇帝で、ルイザン教のものすごい敬虔《けいけん》な信者がいたんだ」

「へえ」

「あまりにも敬虔すぎて、一信者として入信して、修行を積んで司祭とかになりたかったみたいなんだけど、さすがに皇帝がそれをやると、国もルイザン教もみんな困る、ってことになったんだ」

「困るね、それは。だって、ルイザン教のガチな信者は、神にその身と一生を捧げるって話でしょ。恋人や奥さんに関しても……」

「うん、修道士のことだね。妻帯せず世俗にしばられずに――っていう」

「そりゃ帝国は困り果てるよねー」

　内容の割りにはエヴァの口調はどこまでも軽かった。

　まあ、過去のことだし、物語感覚ならこんなもんだろうと俺も思った。

「そこで、その皇帝が考えついたのは、自分の名代を修道士にするってアイデアなんだ。ほら、普段でも、皇帝が実際に行けない場所には、名代を立てることがあるじゃない」

「あるねー。そっか、そういう抜け道を作ったんだ」

「そういうこと。で、ここからはしょうもないことなんだけど。名代として修道士になったは良いけど、結局は皇帝だから、みるみるうちに出世していって、歴代最速に近いペースで大司教になったんだってさ」

「あはは、忖度《そんたく》されまくりだね」

　エヴァは楽しげに笑った。

　まだ一歳にも満たない彼女だが、レッドドラゴン状態とか、使徒になった後のこの少女の姿の時とかは、知識と知性の深さをところどころ垣間《かいま》見《み》ることができる。

「その知識を今メーティスから得て、ああ面白いな、って思ったんだ」

「そかそか。そういう話ならあたしも知ってるよ」

「へえ？　どんなの？」

「昔、レッドドラゴンの元に人間が生《い》け贄《にえ》ってことで、定期的に子供を捧げてきてた時代があったんだ。で、困るんだよね、捧げてきても」

「困るの？」

「そう、別に食べるわけでもないし、欲情とかすることもないからさ。でも返すと人間がますます怯《おび》えて『いったいどうしたらいいんだ』って泣きつくのね」

「生け贄って実は困らせてたんだね」

知識を得ていくにつれて、実はそういう「歴史の裏側」を垣間見るようになってから、こういう話を聞くことが多くなった。

エヴァのその話も、ある程度は先の予想がついた。

「しょうがないから、人間でいうところの……丁稚《でっち》？　としてしばらくこき使って、ちょっとだけ教育をして、十年かそこらで返してやるようにしたらさ」

「ふむふむ」

「返した人間がことごとく元の村とか町とかで偉くなってたりするんだよね。レッドドラゴンに認められたからとかで」

「なるほど……それだけじゃないんじゃないかな」

「どういうこと？」

「うん」

俺は頷《うなず》いた。

前世はそういう「普通の村」の一員だった経験と、実際にエヴァと接して彼女が持つ知識の深さを考えると。

レッドドラゴンの教育をちょっと受けると、その辺の村人じゃ及びもつかないほどの知識を身につけているはずだ。

知識はすなわち武器、知識の多さは武器の多さ。

十年もレッドドラゴンに教育されてたら、村とかで偉くなる程度の力が身について当然だ。

それを思った俺は、諸々《もろもろ》まとめて。

「レッドドラゴンは先生の適性が高いってことだよ」

「……なるほど」

そこは賢いエヴァのこと。

一瞬で俺が言いたいことを理解してくれたようだ。

こうして俺はメーティスの知識を整理しながら、エヴァからも色々と話を聞いていった。

☆

数日後、皇帝との約束の日。

靴《くつ》の持ち主を必ず見つけ出して送り届ける、という皇帝の言葉を信じて、俺は靴のところに来た。

念の為に、ということで、数日前と同じことをしていた。

舞台の上にガラスの靴を置いて、やってきた信徒や住民たちが一人ずつ上がっていって、靴を履《は》けるかどうか実際に試す。

数日前とまったく同じ光景だが、まわりの目が違っていた。

「知ってるか？　何千何万人と試したけど、一人として履けていないんだって」

「うそだろ？　靴じゃんあれって、何をどうしたら履けないんだ？」

「それが履けないんだよ」

「なんかあるってことか……」

そんなことがまことしやかにささやかれていたのもあって、テストを受けに来た人間以外にも、まわりに集まって事態の成り行きを見守るものが、日に日に多くなってきた。

もはや感謝祭だか収穫祭だかの、レベルの大きなイベントの様相を呈していた。

その光景を、俺はヘカテーと一緒に、少し離れたところから眺めていた。

「ごめんねヘカテー、こんな大変なことをお願いしちゃって」

「恐縮です。もとより覚悟の上でございます」

「覚悟の上？」

「はい。神に使徒を探す任務。最初から、数百——いえ数千万人の中から一人を探し出すという覚悟をしておりましたから、どうということはございません」

「ヘカテーはすごいね、そういうかっこいいことをさらりと言えるなんて」

「――っ！　身に余るお言葉でございます」

「大変だね」って言ったときは涼しい顔をしていたのに、俺にちょっと褒《ほ》められると、ヘカテーはものすごく顔を赤くして恐縮してしまった。

そんなヘカテーと見守り続ける。

しばらくすると、テストしている靴のところで騒ぎが起きた。

「ご、ご報告です！」

仕切っている男が大声を上げて、こっちに向かって話しかけてきた。

「入るのに、入りません」

「どういうことなの？」

ヘカテーは聞き返した。

「足は入るのですが、履けません」

男がそう言うと、街全体がざわつきだした。

足は入るのに履けない、というのは一体どういうことなのかと、あっちこっちで不思議がる声があがった。

そもそもが、数日かけて、何千何万人の失敗の果てにようやく現れた「足は入る」相手なのだから、野次馬たちのざわつきの中にはある種の興奮が混じっていた。

「……おかしいよね」

「はい」

俺はそう言い、ヘカテーは頷いた。

「あの靴には神が御自ら仕掛けを施《ほどこ》しました。足は入っても履けない、というのはイシュタルではないということ」

「でも足は入る……あれ？」

「どうかなさいましたか？」

「あの女の人……見覚えがあるなあ」

俺は少し離れた、靴を履こうとしている女を見つめた。

ものすごい見覚えがあった。

すれ違ったとかそういうレベルじゃない、もっと長く、ちょくちょく見ている相手だ。

「……陛下？」

「皇帝だというのですか？」

「あ、ううん、ちがう。陛下の代理の妃たちに似てるんだ。というか……多分そのうちの一人」

「そうでございましたか」

「……そうだとすると、ますますおかしいよね」

「……はい、皇帝の妃がなにゆえここに。皇帝の妃ともなれば、ここに来るどころか、出歩くことさえ困難のはず」

俺は頷いた。

皇帝の妃は、確実に皇帝の子を生むという確証を得るために、他の男性に会わないようにある種の軟禁《なんきん》状態におかれるのだ。

後宮という、ものすごく贅沢《ぜいたく》ができる場所がある代わりに、そこから出ることができない。出られたとしても、ものすごく監視されてしまうはず。

なのにここに来た。

普通に、平然と。

女を見た。

彼女の顔に怯えも焦りもなかった。

瞬間、俺の頭の中にある考えが浮かび上がった。

「……馬鹿な」

「何がでございますか？」

「えっとね、ものすごく馬鹿げた発想。荒唐無稽《こうとうむけい》な発想を思いついてしまったんだ」

「なんでしょう？」

「あれが、陛下の名代だということ?」

「……グルド帝のことでございますか?」

俺は頷いた。

昨日メーティスから共有されてきた記憶、修道士になった皇帝の名前。

さすがヘカテー、一瞬でそれを思い出した。

ルイザン教の知識、俺と出会う前の知識だから、ヘカテーの祈りからは共有されなかった知識だ。

だが、今は俺もヘカテーも、その知識を持っている。

だから一瞬で話が通じた。

「……ばかな」

ヘカテーもその「荒唐無稽な発想」に行き着いたようだ。

もし本当に名代を送ってきたということは、あのガラスの靴が皇帝のものだということになる。

あのガラスの靴が、皇帝の?

あの女が――皇帝?

「……綺麗《きれい》だった」

皇帝と初めて会ったときの光景が脳裏《のうり》によみがえる。

皇帝は……もしかして……。
女……なのか？

67 皇帝1／2

俺は少し考えてから、ヘカテーに言った。

「ヘカテー、あの女の人をひとまず別のところに連れてってくれる？　丁重に」

「分かりました、ひとまず見つかった――風に見えるようにですね」

「うん、お願い」

さすがはヘカテー、話が早い。

きっと、皇帝はどこかで見ている。

本人は見ていなくても、一部始終を報告させるように誰かに見させている。

だから皇帝の仕込みが成功したんだと、ひとまず思わせる必要があった。

後は……。

☆

次の日、俺は王宮にやってきた。

皇帝に謁見《えつけん》を申し込んで、すぐに通った。

この日も玉座の間じゃなくて、庭に皇帝がいた。

「陛下」

「おお、よく来たな。マテオ」

皇帝は普段よりも大分上機嫌な感じで、両腕を広げ、笑顔で俺を出迎えた。

「どうだった、見つかったか?」

「うん、ありがとう陛下」

「そうかそうか。見つかったのならよかった。探していた相手だ、ちゃんと大事にしてやるんだぞ」

皇帝は笑顔のまま、しかし話をさっさと終わらせてしまおう、としている風に見えた。

肝心《かんじん》なところには一切触れない、上辺《うわべ》だけの会話。

前回はあれだけ興味を示していたというのに不自然だ、と思った。

このパターンは予想できていた。

皇帝が、自分に雰囲気《ふんいき》が似ている妃を送り込んでくるというのが分かったから、それを起点に色々と考えていたら、自然とこういう反応もあるんだろうなと予想がついた。

だから俺は、こっちから一歩踏み込んでみた。

「ありがとうございます、陛下。陛下はどういう人なのかは聞いてるの？」

「いや、余《よ》は忙しくてな。命令は下したが、実のところ詳しい報告もまだ受けてないのだよ」

「そっか……だよね」

「うむ？」

皇帝の表情が変わった。

だよね、とはどういうことだ、って顔になった。

「実は、すごく不思議なことになったんだ」

「なにがだ？」

「この靴《くつ》なんだけどね」

俺は懐《ふところ》から、例のガラスの靴を取り出した。

皇帝の顔が少し強《こわ》ばった。

「そ、それが例の靴か？」

「うん」

「それがどうしたんだ？」

「実はね、昨日現れた人、この靴を履《は》けたんだ」

「そ、そうか。ならよかったではないか」

「でもね、ぼく、この靴にちょっとおまじないをかけたんだ。本当の持ち主が履くと光るっていうおまじない」

「――っ！」

「でも、昨日の女の人は履けたのに、光らなかったんだ。どうしてなんだろうね」

「……」

顔を強ばらせたまま、口を閉ざしてしまう皇帝。

これは……ほぼ確定だろうな。

あの妃は皇帝が送り込んできた女で……。

この靴の本当の持ち主は皇帝なんだと。

「陛下？」

「……マテオは」

「え？」

「いつから、そんなに意地悪になった」

「どういうこと？」

「……ふう」

皇帝は大きく息を吐いた。

まるで肺の中にたまった、よどんだ空気をまとめて吐き出すかのように。

「余が仕組んだことだと気づいているであろう。その上でそしらぬ顔をして詰めにくる。これを意地悪と言わずしてなんという」

「……ごめんなさい」

俺は謝った。

そして、皇帝がそこまで言うのなら——と、単刀直入《たんとうちょくにゅう》に切り出すことにした。

「陛下。陛下は……女の人なの？」

「……」

皇帝は怖い顔で俺を見た。

いや……これは違う。

怖い顔じゃない。

怯《おび》えてる顔だ。

皇帝は怯えて——まわりを見ている。

この話を、誰かに聞かれることを怯えている顔だ。

「大丈夫だよ、陛下」

「え？」

「ここでしてる話、誰にも聞かれることはないから。僕の力で、声が洩《も》れないようにした」

「マテオの力……」

「うん。空気の中にも水があって、声は空気を介して伝わるんだ」

ここ数日、立て続けにメーティスから入ってきた知識の中にあったもの。

その知識を得て、俺は海神《わたつみ》の力を組み合わせて、新しい技を生み出した。

「その水を操作してね、声が外に洩れないようにしたんだ」

「そのようなことができるのか？」

驚愕《きょうがく》する皇帝。

論より証拠。

俺は皇帝の方を向いたまま、数歩後ろに下がった。

距離を取ってから、思いっきり手を叩いた。

手の叩き方しだいで、大きな音を出すことができる。

その大きい音を出すタイプの叩き方をした。

普通なら向こうに音が聞こえる。

聞こえて当たり前なくらいの叩き方だ。

それを見た皇帝は息をのんで、驚いた。

俺は皇帝に近づいた。

「どうだった？」

「まったく聞こえなかった。あれだけ強烈に叩いたように見えたのに」

「うん、そうしたから。だから、ここでの話は誰にも聞かれる心配はないよ」

「……そうか」

　皇帝は神妙な顔をした。

　俺はもう一度聞いた。

「陛下は、女の人、なの？」

「……」

「僕は、そうであってほしいな」

「え？　な、なぜだ」

「だって、初めて陛下に会ったとき、この世にこんな綺麗《きれい》な人がいたんだ……って思ったんだもの」

「そ、そうだったな」

　たじろぐ皇帝。

　顔を赤らめた。

　皇帝はしばしそうしてから、やがて観念したかのように。

「うむ、そうだ」

　頷《うなず》き、俺をまっすぐに見つめた。

「余は……女だ」

　そう言った瞬間、皇帝の表情ががらりと変わった。

まるでつきものが落ちたような、すっきりとした表情になった。

「そうだったんだ」

「ああ」

「じゃあこの靴も？」

「うむ、余のものだ。あの時いきなりマテオに出くわして慌てたぞ」

「だから逃げたんだね」

「うむ。市井《しせい》で女として見られることに問題はないのだよ」

「お忍びだもんね」

「そうだ」

皇帝ははっきりと頷いた。

お忍びとはそういうものだ。

変装した姿を見られることにまったく問題はない。

そこは皇帝でも、歴代の普通の皇帝でもそうだ。

「しかし、マテオはかつて余のことを『綺麗』だと言ってくれた。そう言ってくれたのはマテオだけだ。だから、マテオの前に女の姿のままでいるのは危険だったのだ」

それで逃げた、と。

「というのが、ことのあらましだ」

「そっか。ねえ、陛下」

「なんだ」

「僕って、無礼討ちされちゃうのかな」

「なぜだ?」

「だって、これ……」

俺はガラスの靴をさしだした。

「これの持ち主は僕にとって運命の人。そしてこれは陛下の靴」

「余が、マテオの運命の人、か」

「うん。それって……すっごい失礼——不敬罪《ふけいざい》になっちゃうかな」

「ふっ」

皇帝は笑った。

心の底から楽しげな感じに笑った。

「余が許す。……余は、不快だとは思っていない」

「ありがとう。でも、もうひとつあるんだ、不敬になっちゃうのが」

「言ってみろ」

「運命の人に、名前を付けなきゃなんだ」

俺は皇帝に説明した。

ヘカテー、エヴァ、メーティスらのこと。

ヘカテーが言うところの、神と使徒《しと》との関係を。

皇帝はそれを黙って聞いた後。

「マテオよ」

「なあに？」

「余に、その名をくれ。何を隠そう、余は一度も名前で呼ばれたことはないのだ」

「そうなの!?」

「先帝が早くに身罷《みまか》ってな、即位が早かった余は、幼い頃から名前で呼ばれる相手を失った。それに」

「それに？」

「余の名前は男のものだ。女としての名前は……ない」

皇帝は寂しげに語り出した。

先代の皇帝は、とうとう息子を――跡継ぎを生むことなくこの世を去った。

それだと帝国が乱れると思った一部の大臣が、前皇帝が死んだ日に生まれたばかりの子供の性別を偽った。

既に生まれて日が経っている王女たちはごまかしようがないが、生まれたばかりの子供なら、産婆《さんば》をはじめとする一部の人間の口を封じるだけでどうとでもなった。

そうして、皇帝は女でありながら、生まれた瞬間から男にされた。

「と、いうわけだ」

「そうなんだ」

「だから……マテオ」

皇帝は俺の手を取った。

「余に……女の名前をくれ」

「うん」

俺ははっきりと頷いた。

皇帝の手を握りかえして、言った。

「運命の人、あなたの名前は、イシュタル」

「イシュタル……」

「この世界で一番美しくて、一番モテモテだった人の名前」

名前を告げた瞬間、光が皇帝を包み込んだ。

ヘカテー、エヴァ、メーティスたちの時と同じ光景だ。

光が皇帝を包み込んだ後、その光の中から現れたのは――。

「あれ？　男の人？」

「むっ？　むむむ」

皇帝は自分の胸に手を触れた、股間《こかん》にも手を伸ばした。

「ない……ある⁉」

何がないのか、そして何があるのか――それはあえて聞かなくても分かることだった。

皇帝は男になった。

「……あ」

「どうしたんだ？」

「今、僕の頭の中に詳細が浮かんできたんだ」

「詳細？」

「ちょっとまってね」

俺は皇帝にそう言って、水間ワープで飛んで、水をくんできた。

「いくよ」

「う、うむ」

俺は持ってきた水を皇帝にぶっかけた。

水をかけられた皇帝は――なんと、以前以上にはっと息を呑《の》むほどの、絶世の美女になった。

「こ、これは……」

「女に戻ったね」

「う、うむ」

「で、海水をかけると――」

今度は海水を皇帝にかけた。

すると、皇帝は再び男になった。

「海水をかけると男になって、真水をかけると女になる……って感じだね」

「……」

驚き、そして喜び。

そのことを理解した皇帝――イシュタルは。

目に、喜びの光をともしたのだった。

68 後宮の経験

この日は朝からよく晴れていて、絶好の行楽日和《びより》だった。

天気は上々だったから、それは予定通りに行われた。

帝都の郊外、草原と森と湖と、それらがほどよく隣接しているところにやってきた。

皇帝と一緒に。

皇帝は神輿《みこし》に乗っていて、俺はそれに同席している。

皇帝の神輿に同乗できる栄誉をもらった俺は、貴族や兵士たち、そして使用人たちから羨望《せんぼう》の眼差《まなざ》しを受けている。

今日は、狩りをするためにここまでやってきた。

貴族にとって、狩りというのは生活の糧《かて》を得る手段じゃなくて、娯楽《ごらく》だ。

大昔、人間が今ほど文明が盛んではなかった頃は、狩りの上手《うま》さがそのまま集団の中での権力に繋《つな》がったと、転生してから得た知識で知った。

その頃の名残《なごり》で、貴族は狩りを好むのだという。

「陛下も狩りが好きなんだね」

俺は皇帝――イシュタルにそう話しかけた。

イシュタルは今、男の姿だ。

前に比べて凜々《りり》しさが増した、純度一〇〇％の、完全な男の姿になっている。

そのイシュタルが、人前だから、皇帝の威厳を保ったまま仰々《ぎょうぎょう》しい口調で俺に答えた。

「嫌いではないが、それだけではない」

「それだけじゃないって？」

「狩猟という行事は、貴族どもが自分の力を見せつけ、『領土の統治に足る』と主張する場だ」

「あ、なるほど」

俺は少し考えて、答えた。

「雇い主に仕事っぷりを報告する場なんだね」

「そういうことだ。さすがマテオ、知識は足りずとも知恵が素晴らしい」

皇帝がそう言うと、神輿のまわりに席を与えられた貴族たちが、一斉に賛辞を俺にぶっかけてきた。

「陛下のおっしゃるとおりだ」

「うむ、知識が不足しているのは歳《とし》を鑑《かんが》みればむしろ自然」

「それを知恵で、この場で理解できるのは素晴らしい」

貴族たちが俺を褒《ほ》めると、皇帝は見るからに上機嫌になった。

それを見た貴族たちは、俺を褒めると皇帝は嬉しがることを知って、ますます俺を褒めた。

不思議な感覚だ。

これがちょっと前までだったら、俺はなんとかの威《い》を借るなんとやらって感じになって微妙な気分になっていたのだろうが、今は違う。

皇帝——イシュタルが俺の使徒《しと》になっている。

俺の使徒を喜ばせたくて俺を褒める——という。

真実を知ったら世にも奇妙な関係性が、いろいろすっ飛ばしてとにかく「面白い」と俺に感じさせた。

そうこうしているうちに、競争形式だった貴族たちの狩りが一段落した。

一人の貴族がやってきた。

初老にさしかかった、丸々と太った貴族で、倒れている獲物を運んできて、自分の横に置いた。

「陛下に申し上げます」

「うむ?」

「先ほど見つけました白い虎です」

「ほう」

皇帝は神輿の上で立ち上がって、貴族に向かって言った。

俺も膝立ちになって、顔を上げて見た。

貴族は神輿のすぐそば、下の方で跪《ひざまず》いているから、視線を高くしないと見えないのだ。

貴族の申告通り、まだ子供っぽいが、全身が真っ白な虎が倒れている。

「うむ、これは実に珍しい。よくやったドールトン卿《きょう》」

「ありがたき幸せ。後ほど剝製《はくせい》にして、宮殿へ献上します」

「いや、後宮の女たちは虎を怖がる。皮を剝《は》いで——そうだな、そのサイズなら椅子《いす》の敷物に加工してくれ」

「御意《ぎょい》」

「だれか、ドールトン卿に褒美《ほうび》を」

イシュタルがそう言うと、使用人たちがあらかじめ用意していた「褒美」を持ってきた。

狩りは貴族たちが力を見せつける場であるとともに、皇帝がそれに応える場でもある。

力を示した貴族には褒美が与えられる。

その褒美はあらかじめたくさん用意されていて、そのうちの一セットが運ばれてきて、ドールトンに下賜《かし》された。

ドールトンが得た名誉を、まわりの貴族たちはよだれが出るような目で見つめていた。

皆がそれを見て、俺も俺も——って感じの顔になっている。

そんな時だった。

ガオオオオオン!!!

服の裾《すそ》がビリビリと震えるほどの、ものすごい咆哮《ほうこう》が響き渡った。

場がざわつき、使用人とかに多少はいる女たちが一斉に悲鳴を上げた。

そして、神輿のまわりを囲っている貴族の一角が崩れた。

その一角から、白い虎が飛び込んできた。

サイズは大きい——大人の虎だ。

その虎は神輿の前に置かれている子供の虎を見ると、さらに天を仰《あお》いで咆哮した。

さっき以上の咆哮。

虎でなくても、意思疎通《そつう》できなくても「怒り」がひしひしと伝わってくる咆哮だ。

虎は神輿に向かって突進してきた。

何人かの貴族が動いて、部下を指揮して止めようとするが、瞬く間に白い虎に蹴散《けち》らされた。

人間たちを蹴散らして、一瞬で神輿の前にやってくる。

そして子供の虎——それがすでに死体であることを確認すると、一段と怒りがこもった咆哮を発した。

ほとんどの人間がその咆哮で立ちすくむ中、虎は皇帝に飛びかかってきた。

「危ない！　イシュ――」

俺は無形剣《むけいけん》に手をかけて、皇帝を守ろうとしたが。

「問題ない」

皇帝は俺を止めて、手元にある華美な長剣を手に取るなり、逆に虎に向かって踏み込んだ。

抜刀《ばっとう》――一閃《いっせん》。

虎の首が胴体から切り離され、宙を舞った。

襲撃した虎が、一瞬で皇帝に斬り捨てられた。

「「……………おおおおお!!!」」

十秒近く沈黙があっただろうか。

その場にいるほとんどの人間がたっぷりとあぜんとしてから、皇帝に向かって歓声をあげた。

当の皇帝は、歓声に特に何かを思うこともなく、血払いして剣を納めた。

「大丈夫だった？　陛下」

「うむ、問題ない」

「そっか。でも、たっぷり返り血浴びちゃったね」

「そうだな……うむ」

たっぷり返り血を浴びた。

そのことに気づいたイシュタルは目を輝かせた。

そしておもむろに、服を脱ぎだした。

返り血を浴びた服を脱ぎ捨てて、上半身の裸を晒《さら》す。

筋肉質で、男の俺から見ても素晴らしいと評するしかないくらいの、鍛え抜かれた肉体だった。

「陛下?」

「せっかくだ、余《よ》が疑う余地のないくらい男だとすり込もう」

イシュタルは小声で、歓声のなか俺だけに聞こえるようにいった。

なるほど……アリバイ作りか。

俺は納得し、感心したのだった。

☆

「来たよ、陛下。ここにいるの?」

夜のテント。

一泊の野営地の中、皇帝に呼び出された俺は、皇帝のテントにやってきた。

テントに入るやいなや、イシュタルの姿が見えた。

イシュタルは——女だった。

全身から湯気を立ち上らせ、香りさえも漂わせて、タオルだけを巻いた姿になった。

「……綺麗《きれい》だ」

思わずそうつぶやいてしまった。

湯上がりのイシュタルは、女の姿になっていて、前見たときよりもさらに美しくなっていた。

「ご、ごめんなさい！」

俺はぱっと「回れ右」をして、イシュタルに背中を向けた。

「う、ううん……気にしないで」

女の姿になっているからか、イシュタルは女口調でそんなことを言った。

「ど、どうしてその姿に？」

「血を落とすために水浴びをしたら、こっちに戻ったの」

「あっ……お湯も、真水ってことなんだ」

「そういうこと」

「そっか……」

「もういいよ、服を着たから」

イシュタルにそう言われて、俺は振り向いた。

イシュタルの言うとおり服は着ていたが、髪はやっぱり濡れたままで……それはそれで、ものすごく色っぽかった。

だけどそれくらいなら気にするのもおかしいから、俺は気にしてないように振る舞った。

「ぼ、僕を呼んだのは、何かご用があるの？　陛下」

「名前で呼んで。このテントには防音の魔法をかけさせたから」

「そうなんだ。えっと、僕を呼び出したのはどうしてなの、イシュタル」

俺は呼び名を変えたのとともに、口調も少しだけ砕けた感じにした。

それでイシュタルは嬉しそうに破顔《はがん》した。

「うん、ちょっとマテオとお話がしたくてね」

「そっか。あっ、そういえば聞きたいことがあったんだ」

「なに？」

「裸を見せて大丈夫だったの？」

「うん？　男の上半身の裸だから、大丈夫でしょ」

「そうじゃなくて、少ないけど、イシュタルの正体を知ってる人もこの世にいるんじゃないの？　機密中の機密を知っている人たち、っていうか」

「……ああ」

イシュタルは目をすうっ、と細めた。

一瞬にして、冷酷《れいこく》な空気を纏《まと》いだした。

「それなら大丈夫。五人もいないし、その五人はもうこの世にいないから」

「え？」

「皇帝の一番の秘密を知っているのだから、野放しにはしておけないでしょう」

「そっか。歴史の本にも似たような話があったけど、そういうのって本当だったんだね」

「そうだね」

俺はなるほど、と思った。

ある意味、俺はこういう瞬間が好きだ。

転生して、色々と知識を得てきた。

でも最近になって、たまに思うようになってきた。

本で得たその知識が本当に正しいものなのかどうかを。

そこで、知識が本当のことだと分かるような——今回はある意味体験だけど——瞬間が俺は好きだった。

「そうだ、マテオに来てもらったのは、祈りの話を聞こうって思ったからだ」

「祈り？」

「うん」

イシュタルは深く頷《うなず》いた。

「あの日、すぐに戻らないといけないから話を詳しく聞けなかったけど、マテオの使徒として祈ると何かがあるんだよね」

「あっ、そうだね」

俺は一週間くらい前のことを思い出した。

イシュタルに名前を付けて、彼女の体質を変えた。

海神《わたつみ》である俺の力にちなんで、海水をかぶったら男に、真水をかぶったら元の女に戻る、という特殊体質にした。

そうした直後に、皇帝として決裁を下さないといけないい緊急の案件が飛び込んできて、その先の話がろくにできないまま別れたのだ。

「ごめんなさい、ちゃんと僕から声掛けて説明するべきだったね」

「ううん、気にしないで。あたしも色々忙しかったから」

「えっとね……形としては、僕が神様で、使徒たちは神様の使い——つまり天使、みたいな感じになってるんだ」

「使徒……天使……」

イシュタルは言葉をかみしめるようにつぶやいた。

「使徒が祈りを捧げると、使徒になってから得た知識が、もっといえば前回の祈りから新しく得た知識が僕の頭の中に直接届けられるんだ」

「そうなんだ……どうやればいいの?」

「普通に神様に祈るみたいな感じでいいみたいだよ」

そこは俺は当事者じゃないから、どうしても伝聞系になってしまう。

「ちょっとやってみるね」

「うん」

俺は頷き、イシュタルが祈るのを見守った。

イシュタルは両手を胸元で組んで、目を閉じて敬虔《けいけん》な表情を浮かべた。

瞬間、多くの「知識」が流れ込んできた。

「――ええっ!?」

「どうしたの?」

目を開けて、俺を見つめるイシュタル。

「なにかまずかった?」

「ま、まずかったっていうか……イシュタル」

「なに?」

「この一週間で、何人の女の人とそういうこと、した、の?」

「そういう……あっ」

イシュタルはすぐに理解したようだ。

そう、イシュタルが祈った瞬間、俺の頭の中にこの一週間の彼女の――いや彼の性体験が流れこんできた。

皇帝として抱いた妃たちとの経験が流れてきた。

その数――実に十四人。

単純計算でも一日に二人は抱いてる計算だ。

「だ、だって。そうしないといけなかったし。皇帝だから、妃を抱かないと」

「そ、そうだよね」

俺たちは焦った。

イシュタルも焦ったけど、俺も焦った。

まさか使徒の祈りから、そういうのが流れてくるなんて思いもしなかったからだ。

「ごめんなさい……気分を悪くした？」

イシュタルはシュンとなって、機嫌を伺《うかが》うような感じで聞いてきた。

「ううん、急なことで驚いただけ。こういうのも大事な知識だから、むしろありがとうだよ」

「ありがとう……なの？」

「うん」

俺ははっきりと頷いた。

急な恥ずかしさを除けば、これもれっきとした知識だ。

皇帝と妃の子作りなのと、男女の交わりなのが。

一粒で二度美味《おい》しい、普通なら絶対に得られることのない知識だ。

「……分かった」

「え？　なにが？」

「そういうことだったら、もっと妃を抱いておく。知識なんだから、違う相手がいいのよね」

「うん、そうだね」

俺は即答した。

「後宮にはまだまだ何百人もいるから、まずは一巡させる」

イシュタルは俺を見つめながら。

「全員、マテオのために抱いておく」

そう、宣言したのだった。

69 皇帝の病

リビングの中、訪ねてきたじいさんが深刻な表情で言い放った。

「小童《こわっぱ》が倒れたらしい」

「なんだって⁉」

いきなりのことに、俺は驚いてパッと立ち上がった。

勢いよく立ち上がったせいで、ソファーがぎぃ、と床を擦ってしまう。

「おじい様、どういうことなの？」

「詳しくは分からん、ただ倒れたのは間違いないらしい」

「……ちょっと見てくる」

「待て、マテオよ」

立ち上がったまま、水間ワープのためにリビングを出ようとした俺を、じいさんが真顔のまま呼び止めた。

「行ってはならん」

「おじい様？　どうしてダメなの？」

「小童の使いの者からの伝言だ。病《やまい》の詳細が分かるまでは小童に来ないでほしいとな」

「そうなんだ……」

　駆け出そうとした勢いがしぼんだ。

　病人を下手《へた》に見舞ってはいけない、というのは分かる。

「まあ、さほど気にするほどのことではないのじゃ。小童は皇帝。腕利《うでき》きの御典医《ごてんい》が山ほどついておる」

「そっか、そうだよね」

　俺は頷《うなず》き、納得した。

　じいさんの言うとおりだ。

　皇帝のまわりには、世界一といっていいほどの名医がついているんだ。

　どんな病気だろうと大丈夫――。

　の、はずだった。

☆

「意識不明⁉」

数日後の夜。

深刻そうな顔で「話がある」と言ってきたじいさんに連れられて、二人っきりで書斎にこもった。

そしてじいさんの口から出てきたのは、皇帝――イシュタルの病状が深刻だという内容だった。

「一体何があったの？」

「アテナイじゃ」

「アテナイ？」

「原因不明の奇病の一つじゃ」

「奇病……どういう病気なの？」

「男にしかかからぬ病気じゃ。かかったものは昏睡《こんすい》状態に陥《おちい》り、原因不明の汗を流し続ける」

「昏睡……汗……」

「それが約一ヶ月続き、その後けろっと治る」

「そうなんだ、じゃあ大丈夫なのかな」

「……」

「おじい様？」

じいさんの顔は深刻そのものだった。

その表情は、相対する人間に不安しか与えないような深刻さを孕《はら》んでいた。

「どうしたの？　なにか……まずいの？」

「うむ。赤子の内に発症すれば大したことにはならん。昏睡状態であっても、赤子は本能的に乳が口元にあればそれを飲み干す」

「……ッ。大人だとものが食べられない？」

「子供であっても厳しいのじゃ」

「そ、そっか……」

眉間《みけん》におそらく深い縦皺《たてじわ》ができたのが自分でも分かった。

それは、すごく簡単に想像できた。

同じく昏睡する赤子と大人。

昏睡してても、液体が口に注がれれば飲み干せるという光景はなんとなく想像がつく。

そして、赤ん坊なら、それがミルクだったら生きるのに問題はない。

元々赤ん坊の主食はミルクだ。

しかし、大人はそうはいかない。

液状のものしか口にしなかったら完全に栄養が足りなくなる。

一ヶ月もそれが続けば大変なことになるのは火を見るより明らかだ。

「医者どもがどうにかしようとしているが、あまりよくないらしい」

「そんな……」

「それにしても、なぜ今になって……。大人になっての発症はほとんどないはずじゃが……」

「……あっ」

「なんじゃマテオ、心当たりがあるのか？」

「う、ううん。なんでもない」

俺は手を振って否定した。

じいさんにそうは言ったが……たぶん俺のせいだ。

アテナイという病気、じいさんは「男にしかかからない病気」って言った。

同時に「ほとんど赤ん坊の時に」で、「なぜ今になって」って言った。

なぜ今になって。

皇帝の正体は女だった。

国でそれを知っている人間は俺を含めて五指にも満たないほどの超トップシークレットだ。

実は女だった皇帝は、アテナイにかかったことはなかった。

そして最近、俺の使徒《しと》になったことで、男の肉体になることができた。

男としてはまだ生まれて間もない――っていう見方ができる。

それで大人なのに、アテナイにかかった……のかもしれない。

つまりは俺のせいなのだ。

だったら、俺がなんとかしなきゃいけない。

☆

「ということなんだけど、いい医者を知らないかって思って」

水間ワープでやってきた、ヘカテーの屋敷、その応接間。

大聖女のヘカテーが俺と向き合って座っている。

俺を部屋に入れた後、流れるように下座に座ったヘカテーが、俺の話を真顔で傾聴《けいちょう》した。

「そのようなことが……」

「そんなに驚いてるってことは、ヘカテーのところには情報が入ってきてないってこと？　陛下が倒れたことに関して」

「はい。おそらくは……箝口令《かんこうれい》が敷かれているものだと思われます」

「そっか……そうだよね」

俺は小さく頷いた。

皇帝の奇病——確かにトップシークレットで、箝口令が敷かれててもおかしくはない。

それでも俺はヘカテーなら、下手《へた》すれば皇帝よりも権力を持つ、ルイザン教の大聖女なら何か掴《つか》んでいるのかも——という期待を持った。

ヘカテーに持ってきた頼みごと——名医の紹介、ということに対する期待そのものでもある。

「あっ……大変失礼を致しました。医者ということでしたら、心当たりがございます」

「本当に？」

俺は身を乗り出すほど、ヘカテーの返事に食いついた。

「はい。ダガーという名前の医者です。ただ……」

「ただ？」

言いかけて、難色を示すヘカテー。

俺は眉《まゆ》をひそめて、「ただ……」の先を聞いた。

「性格にすこし……いえ、大分難がある人間です」

「そっか……でも腕は確かなんだよね」

「はい、それは保証します。わたくしが知る限り、間違いなく世界一の名医でございます」

「そんなにすごい人なんだ⁉」

これにはさすがに驚いた。

俺がヘカテーのところに来たのは、こと「人」に限れば、彼女は俺が知っている人間の中で、もっとも知識や情報を持っているからだ。

エヴァたちはそれぞれ空・海・大地に詳しい。

それらとは違って、人間でありルイザン教の大聖女であるヘカテーは、人間に関する情報を多く持つ。

本人に情報がなくても、ルイザン教の大聖女という立場があるので、おそらく世界最高峰《さいこうほう》のコネクションをもつ。

人探しならヘカテーだ――という思いでここに来た。

そしてそれは、「世界最高の名医」という予想を遥《はる》かに上回る結果が返ってきた。

「その人は今どこに?」

「ご案内いたします」

「本当?　ありがとう」

☆

ヘカテーの馬車に同乗して、彼女の屋敷から半日ほど離れたセイノーという街にやってきた。

中くらいの規模の街で、馬車の窓からパッと見た感じ――。

「本とか、……絵画?　とかの店が多い感じ」

「はい。ここセイノーは『セイノー紙』の産地ですので、それを用《もち》いた商《あきな》いが集まっているのです」

「そっか」

俺は頷きつつ、窓の外を眺め続けた。

確かによく見たら、本でも絵画でもない、紙だけを扱った紙問屋らしき店の存在も見られる。

紙の産地か……ちょっと面白いかもしれない。

紙に関する知識——を聞こうとして、思いとどまった。

今はそんな場合じゃない。

「ダガーという医者の家はこの近くなの？」

「はい、まもなく」

「うん」

俺は頷き、そのまま黙った。

今はまずイシュタルのことだ。

知識はもっともっと欲しいけど、まずはイシュタル。

しばらくすると、馬車はセイノーの街をほぼ横断して、まったく人気《ひとけ》のない、寂れた区画にやってきた。

「到着いたしました」

馬車の前方から、御者のしゃがれた声が聞こえてきた。

「ありがとう」

俺はお礼を言って、自分から馬車を飛び降りた。

この手の馬車は踏み台なり階段なりを用意してくれるものだ。

現に、御者の男も御者台から降りて、踏み台を持って近づいてきていた。

俺は男から踏み台をもらって、それを設置した。

そしてヘカテーを見あげて、手を伸ばす。

「さあ」

「恐縮でございます」

ヘカテーはそう言って、俺の手を取って、馬車からゆっくりと降りてきた。

見た目は俺とさほど変わらない幼い少女なのだが、そこは御年三一七歳の大聖女。

ただ踏み台を――階段を降りるというだけでも絵になるくらいの、気品のある所作《しょさ》だった。

そんな彼女は地面に自分の両足で立つと、御者の男に向かって。

「この建物ですか?」

「はい」

「ご苦労――神よ、こちらへどうぞ」

「うん」

ヘカテーが先に向いた建物の方に、俺も同じように向いた。

生《い》け垣《がき》がぐるりと敷地を取り囲んでいるタイプの家だ。

生け垣の向こうに見える建物はたいしたことがなくて、広いだけの農家風な感じの家だ。

家こそ平凡だが、敷地内はカラカの木が多く植えられていて、それがみな開花していて、薄紅色の花が咲き誇る幻想的な空間だった。

「医者の割りには風流な人間なのですね」

俺の横で、ヘカテーがしみじみとつぶやいた。

そんなヘカテーを連れて、馬車と御者をその場で待たせて、二人で中に入った。

敷地に入って、建物のドアの前にやってくる。

そして、俺はノックをした。

「ごめんください」

「はーい」

すぐに応じる声が聞こえた。

若い女性の声だ。

「女の人なの？」

「はい。ただ妹さんと二人暮らしと聞いているので、妹さんかもしれません」

「なるほど」

俺は小さく頷《うなず》いた。

ドアを開けて出てきたのは、二十歳《はたち》になったかどうか――ってくらいの若い女性だった。

「あら？　ぼくたち……何か用？」

女性はしゃがんで、俺たちに視線の高さをあわせつつ、聞いてきた。

俺もヘカテーも「中身」は違うが、見た目は子供だ。

だから、俺は用意してきたものを取り出した。

懐《ふところ》から取り出したのは封筒。

それごと女性に渡した。

「ダガー先生に会わせてください。これ、紹介状です」

「あらあら」

女性は驚きつつ、紹介状を受け取った。

そしてそれを開き、中を見る――すると。

「こ、これって！」

さっきまで穏やかな表情だったのが、一変、驚愕《きょうがく》して俺とヘカテーの顔を交互に見比べる。

渡した紹介状は、「ルイザン教大聖女」名義のものだ。

つまりヘカテーの紹介状だ。

本人は今俺の横にいるが、ヘカテーの見た目が大聖女とは、世間の人間は思っていないし分からない。

世間が知っている大聖女はあくまで、あの三一七歳で車椅子《くるまいす》にのっている老人の姿だ。

だから、正式な紹介状を用意してもらった。
それを見たダガーの妹が驚いていた。
俺はちらっとヘカテーを見た。
ヘカテーは無言で頷いてきた。
やっぱりか。
「大聖女様直々の紹介状だなんて……ぼくたち、なにもの？」
死ぬほどびっくりして、俺たちを見つめるダガーの妹。
彼女はどうやら、ルイザン教の信徒のようだった。

70 名医の足跡

ダガーの妹がびっくりしたまま俺達を見つめている。

さて、どう説明するべきかと頭を悩ませていると、横からヘカテーが平然とした様子で、助け船を出してくれた。

「具体的には言えないのだけど、今、とあるやんごとなきお方が病《やまい》に伏せておられます」

そう話すヘカテーは、意味深に深刻そうな表情で、かつ押し殺した声で言った。

「やんごとなきお方……はっ」

ダガーの妹は、目を瞠《みは》った。

「も、もしかして……大聖女様が⁉」

「ああいや、そうじゃなくて——」

「それを私達の口からは言えません」

俺の言葉を、ヘカテーが途中で遮《さえぎ》った。

表情は意味深に深刻そうなままだ。

するとダガーの妹は更に勘違いした。

「そ、そうよね。大聖女様がそんなことになってるなんて言えないですよね」

「えっと……」

「……」

俺は困ってヘカテーを見た。

ヘカテーは平然と俺を見つめ返し、小さく頷いた。

その表情を見て、「そういうことにしておこう」――というのが分かった。

実際、それは効いた。

ダガーの妹の表情に、直前まで残っていたわずかな警戒の色が跡形もなく消えてなくなった。

「そのお方にはダガー先生のお力がいるの」

「う、うん。そうよね、お姉ちゃんしかいないよね」

「だから、先生の居場所を教えてくれないかしら」

「えっと……それが……」

警戒は跡形もなく消え去ったが、代わりに申し訳なさそうな表情を浮かべる彼女。

「どうしたの？」

「お姉ちゃん……どこにいるのか分からないんです」

「分からない？」

俺とヘカテーは互いの顔を見た。

「はい、いつものように病人を探す旅に出ているんです。そういう時はどこにいるのかまったく分からなくて」

「病人を探す旅？」

おうむ返しにしながら、ヘカテーを見る。

ダガーのことを教えてくれたのはヘカテーだから、「この話をしってる？」的な目で彼女を見たが、彼女は小さく首を振った。

俺はダガーの妹に視線を戻す。

「どういうことなの？　病人を探す旅って」

「お姉ちゃんはよく言ってるんです、医者は経験だって」

「経験……」

経験という……言葉は、俺の胸を強く打った。

俺は知識を強く求めているけど、なんかそれと同じような匂《にお》いがする言葉だった。

「いろんなところで、いろんな病気の病人を探して、治して。それで経験を積んでいって、どんな病気でも治せる医者になる——っていつも言ってます」

「それで病人を探す旅なのね」

ヘカテーは小さく頷いて、得心顔をした。

普通とはやってることがちがう医者だったが、言ってることは納得できる内容だった。

「じゃあ、今どこにいるのかも分からない？」

ダガーの妹に聞いた、彼女は申し訳なさそうに首を振った。

「はい……」

「いつ戻ってくるのかも？」

「お姉ちゃん、気まぐれだから……」

シュン、と小さくなってしまう彼女。

彼女の申し訳なさそうな顔を見て、俺もヘカテーも困り果ててしまった。

☆

帰り道の馬車の中、ヘカテーと二人っきり。

「参ったね」

「……わたくしにお任せ下さい」

馬車に乗った時からずっと思案顔をしていたヘカテーが、そんなことを言い出した。

「何か当てがあるのかい？」

「今の話が本当であれば、足跡がくっきりと残っているはずです」

「あしあと」

俺はおうむ返しにヘカテーの言ったことを繰り返しつつ、彼女を見つめ返した。

「腕のいい流れの医者ということになります。よそ者がぶらりとやってきては治療をして去っていく……そんなことが噂《うわさ》にならないはずがございません」

「……確かに」

俺はダガーのやっていることを想像してみた。

行く先々で噂になったり、感謝されたり——がめつい医者なら毀誉褒貶相半《きよほうへんあいなか》ばだったり。

そういう感じになってるのが簡単に想像できる。

「ですので、各地の教会にそういった目撃例を報告させれば、足取りを摑《つか》むのは容易かと思います」

「そっか、大聖女ならそれができるもんね」

「そういうことですので、許可を頂ければ」

「うん、おねがい」

「はい」

ヘカテーは頷《うなず》き、顔がやる気に満ちた。

身を乗り出して御者に何か一言二言ささやいた後、自分は馬車から飛び降りた。

「ヘカテー!?」

窓から顔をだして、ヘカテーを見る。

彼女は立ち止まって、俺と馬車を見送った。

「お先に失礼します」

そう言って、俺にぺこりと一礼して、身を翻《ひるがえ》して立ち去った。

「……ああ、一刻も惜しいってことか」

少し考えて、ヘカテーの行動を理解した。

このまま馬車に乗って帰るまでの時間もおしくて、ダガーを探すために急いで動いてくれたってことだ。

それはいいんだけど。

「俺だけが馬車に乗っててもな……」

俺は馬車の中で微苦笑した。

必要ないのだ、俺には。

俺には「帰るための足」というものは必要ない。

帰るということは「一回行ったことのあるところにまた行く」ということだから、水間ワープでどうとでもなる。

ヘカテーも落ち着いて考えたら、それがすぐに分かったはずで。

それでも見落とした理由は「俺のため」ということだろうから。

その気持ちが、素直に嬉しかった。

☆
「申し訳ございません……」

翌日、屋敷を訪ねてきたヘカテーは沈んだ様子で謝ってきた。

「見つからないの？」

「足取りがあまりにも少なすぎるのです」

「足取りがすくない？」

「はい。我々はそこそこの街には必ず教会を置いてます」

「うん」

俺は小さく頷いた。

ルイザン教の教会は本当にどこにでもある。

飯屋とか酒場とか、そういうのがない小さな村でも教会だけはあることが多い。

「それらにダガー先生の足取りを報告させたのですが、二件しかあがってきませんでした」

「二件しか？」

「はい、どちらもかなりの難病で……どうやら通常の病気やケガには目もくれず、難病の患者だけ治療をしているそうです」

「そうなんだ」

「あまりにも数が少なすぎるため、足取りを掴むのは不可能でした」

俺は重々しく頷いた。

もともと俺とヘカテーが想像していたのは、ダガーがあっちこっちで病人を治して回っていたという光景だ。

噂で十や二十のケースがあれば、それを地図の上に並べていけばダガーが辿《たど》った足跡《そくせき》が見えてくる――というものだ。

それが、ふたを開けてみれば難病人でたったの二例だった。

二例しかないのでは足跡も傾向もあったものじゃない。

「いずれも現地の医者が匙《さじ》を投げたほどの難病であったようなので、腕は間違いないのですが……」

「名医なのは間違いないってことか……」

俺がつぶやき、ヘカテーは重々しく頷いた。

どんな名医だろうと見つからないんじゃしょうがないのだ。

「倒れたのが皇帝でさえなければ……」

「うん？　どういうことなの？」

「例えばわたくしでしたら」

ヘカテーは居住まいを正し、まっすぐ俺を見つめながら答えた。

「ルイザン教の大聖女が病に倒れた、そういう噂を流せば向こうからやってくるでしょう」

「そっか、ダガー先生は難病を治療するという経験が欲しいんだ」

俺が察し、言葉にして言うと、ヘカテーは頷いたが、ますます難しい表情をした。

「しかし、皇帝が倒れたことは機密中の機密、噂で流しておびき寄せるということはできません」

「そっか……」

どうすればいいのか。

人探しなんて、今までやったことはほとんどないからなあ。

宝探しならあるけど――。

「……あっ」

「どうしたのですか？　神」

「もしかしたら……いけるかもしれない」

☆

俺はヘカテーを庭に連れ出して、その場でオノドリムを呼び出した。

どこからともなく現れた若い女。

帝国の守護精霊、大地の精霊オノドリムだ。

オノドリムは、俺の召喚に応じてくれた形でやってきた。

「急にあたしのことをよびだしたりしてどうしたの？」

オノドリムは「大地の精霊」に似つかわしくない、まるで隣家の幼なじみのような気安さで聞いてきた。

「ちょっと聞きたいんだけど。オノドリムは前に埋蔵金の在《あ》り処《か》を教えてくれたんだよね」

「うん。あっ、またお金が必要になった？　大丈夫まだまだあるから、ここから一番近くにあるのはね――」

「ううん、そうじゃないんだ」

俺は微苦笑した。

前回、オノドリムが教えてくれた「持ち主がいなくなった埋蔵金」はかなりの額だった。

そこそこの大商人でも稼《かせ》ぐのに苦労する額だ。

それほどの額の話にもかかわらず、オノドリムは「まだあるよー」な、気安い感じで言ってきた。

「え？　じゃあ何？」

「あれってものだよね。オノドリムは大地に埋まっているものはなんでも分かるみたいなことを言ってたよね」

「うん。なんでも分かるよ。大地にあるものなら」

「人って、分かる？」

「人？」

「――!?」

俺の横で、それまで黙って聞いていたヘカテーがハッと息を呑《の》んだ。

俺は彼女の方をちらっと見て、「そういうこと」と微笑《ほほえ》みを向けた。

そして再びオノドリムに向き直って、更に聞く。

「うん、探してる人がいるんだけど。それも分かるかなって」

「分かるよ」

「本当に!?」

「海の中に住んでるとかだったら無理だけど。ずっと陸の上にいる人間だったら、どこからどこに行ったのか、分かるよ」

「!!」

俺は瞠目《どうもく》して、ぱっとヘカテーへ顔を向けた。

「このような形で見つけられるとは」

ヘカテーの顔から、驚嘆《きょうたん》の色が見えていた。

71 追跡

「じゃあ早速で悪いんだけど、すぐ探してもらえるかな」

「うん！　誰を探せばいいの？　なんかその人の持ち物とかないかな」

「持ち物？」

「なくてもいいんだけど、その人に縁のあるものがあった方が早く探せるんだ」

「なるほど」

俺は頷《うなず》いた。

そういうもんだろうな、と納得する。

「犬とハンカチ――」

「なんでもいいの」

ヘカテーがなんか言ったのを遮《さえぎ》って、オノドリムに確認をする。

「うん、なんでもいいよ。ちょっと座っただけの椅子《いす》とかでも。二つくらい、ううん、三つくらいあれば確実かな」

「それで分かるの？　椅子なんかだと、他に何人も座った人がいるよね」

「うん。でもそれで何千万人から何百人までは絞《しぼ》れるから」

「なるほど」

「二つくらいあったらその二つから同じのを探して、大体三つくらいあれば、その三つから同じのを探せばより確実だよ」

「……だったら、まったく関係のない遠いところにそれぞれあるもの……を用意した方がイイよね」

「うん！」

　オノドリムはぱあぁ――と顔をほころばせて、嬉しそうに俺に詰め寄ってきた。

「さすがだね！　うん、その方が確実に絞れるよ」

「そっか。ヘカテー、ダガー先生が二人難病を治したって言ってたよね」

「はい」

「その二カ所から何かダガー先生が触ったものをもらってこれそう？」

「すぐにでも」

「じゃあお願い。僕は妹さんのところに行って、先生の家にあるものを借りてくる」

「分かりました」

☆

ヘカテーと一旦わかれて、オノドリムを連れて、水間ワープでダガーの家に行った。

そこで妹さんにフェイクの入った説明をして、ダガーが調合したという薬をもらってきた。

妹さんが言うには、ダガーお手製の薬であるらしい。

それをもらってきて、屋敷のリビングで再びヘカテーと向き合った。

「こちらです」

そう話したヘカテーがさしだしたのは、何かを包んだらしき紙と、染みこんだ血が黒く変色している包帯だった。

「これは？」

「こちらは薬を包んだ包装紙で、包帯はダガー先生が実際に巻いてくれた時のものだそうです。どちらも念押しで確認してみたところ、間違いなく触っているとのことです」

「そっか、ありがとう」

ヘカテーにお礼を言うと、彼女は嬉しそうな顔をした。

そうしてからオノドリムに向き直って、聞いた。

「これで大丈夫？」

「うん、ちょっと待っててね」

オノドリムは俺達から「手がかり」になる品物の三つを受け取った。

そして目を開けたまま呪文らしきものを唱えて、魔法の光が手がかりを包み込んだ。

包帯から何筋もの光が溢《あふ》れ出した。

色とりどりで、一本一本が違う色をした虹のような光だ。

薬の包装紙からも同じように光が溢れ出した。

次の瞬間、二つの手がかりから放たれた光の大半が消えた。

それぞれが一本だけ残った。

視覚的にものすごく分かりやすかった。

溢れた光は、おそらくそれに接した人間を表すものだ。

そして二つのものが光った後、それぞれ一本だけが残った。

これが、「両方に接触した人間」を表す光だろう。

それが一本になった、ダガーを示しているんだろう。

「それがダガー先生ってことだね」

念の為に聞いてみた。

「うん、そう」

「二つで足りちゃったね。オノドリムの言うとおりだ」

「えへへ……」

「念の為にもうひとつもやってみてくれる」

「うん、分かった。たぶんあんたが思ってるとおりのことになると思う」

オノドリムはそう言って、最後に俺がもらってきたダガーの薬にも同じ魔法をかけた。

薬からは前の二つと同じような光が溢れ出した後、やっぱり一本に絞られた。

最初の二つと同じ色の光だ。

オノドリムの言うとおり、俺が想像したままの光景だ。

「こうなるよね」

「うん」

微笑みあい、頷きあう俺とオノドリム。

それを見たヘカテーが、

「さすが神」

と言った。

「それで、これがどうなるの?」

「うん、こうなるの」

更に呪文を唱えるオノドリム。

すると、三本の光が一本の糸になるかのようにねじって寄せ合って、屋敷の外に向かって伸びていった。

「このまま追っていくと見つかるよ」

「遠くまで行かないといけないな——エヴァ？　エヴァはいる？」

俺は大声で呼んだ。

しばらくすると、窓が巨大な何かに遮られ、部屋の中が一気に暗くなった。

窓を遮ったのはエヴァ——レッドドラゴンの巨体だった。

『呼んだか、偉大なる父マテオよ』

ドラゴンの姿のエヴァは、この姿の時だけの仰々《ぎょうぎょう》しい喋《しゃべ》り方で聞いてきた。

「この光が見える？　これを追いかけたいんだけど」

『分かった。背中に乗るがいい』

「うん。行こう、二人とも」

オノドリムとヘカテーはほぼ同時に頷いた。

俺は窓を開けて、慣れた感じでエヴァの背中に飛び乗った。

人ではない大地の精霊であるオノドリムは軽くふわりと飛び上がるような感じで背中に乗った。

肉体的にドラゴンの背中に飛び移るのが難しい、幼い女の子の肉体のヘカテーが窓の前で、困った顔で立ち尽くした。

俺はヘカテーに手を差し伸べた。

「つかまって」

「――はい！」

ヘカテーは嬉しそうな顔で俺の手を取った。

俺は力を入れて、ヘカテーを引っ張り上げた。

ヘカテーも同じようにエヴァの背中に乗ってきたので、ポンポン、とちょっと強めにエヴァの背中を叩いた。

「じゃあ、お願い」

『うむ』

エヴァが応じた次の瞬間、俺達は空の上の人となった。

俺はすっかり小さくなった地上の建物や人々を見下ろしながら、聞く。

「こんなに高く飛び上がっていいの？」

『問題ない』

エヴァはそう言って、更に飛んだ。

一瞬で街の外に出た。

街の外に出て、建物とかがない街道と草原だけになってくると、エヴァはゆっくりと下降して、低空で飛んだ。

降りてくると、俺の目にも見えるようになった。

地上でさっきの光が伸びていくのが見えた。

上空からでも、エヴァはしっかりとこの光をとらえていたようだ。

「やるじゃないエヴァ。さすが空の王だ」

『この程度のこと造作《ぞうさ》もない』

字面《じづら》だけ見るとぶっきらぼうのように見えるが、エヴァの声色はまんざらでもない人のそれだった。

そして——速度が上がる。

俺に褒《ほ》められたエヴァはノリノリになって、それで速度が上がったのだ。

エヴァの背中に乗って、光を追いかけていく。

空を飛ぶエヴァの速さはさすがの一言に尽きる。

馬車だったら一日はかかろうかという距離を、一時間にも満たない短さで駆け抜けた。

そうして、俺達がやってきたのは——。

「……海？」

エヴァの背中から見下ろしたのは港町だった。

オノドリムの魔法で伸びてきた光は、とある桟橋《さんばし》で途切れていた。

この港町のどの建物よりも高い場所から見下ろしているので、途切れているのがはっきりと分かる。

「これって……やっぱり」

俺は斜め後ろに座っているオノドリムに振り向いた。

オノドリムはばつの悪そうな表情をした。

「うん……たぶん、船に乗っちゃったんだと思う」

「それで途切れたんだ……」

「追えないのですか?」

「海だとあたしには……」

オノドリムはシュン、となった。

気の毒になるくらいの落差で落ち込む彼女を慰めることにした。

「気にしなくてもいいよ。オノドリムは大地の精霊だし、海に入られるとどうしようもないのはしょうがない」

「うん……本当にごめんね……」

「如何《いかが》なさいますか、神」

ヘカテーが聞いてきた。

俺は少し考えて、光が途切れたところをじっと見つめた。

「……そっか、そうすればいいんだ」

「神？」

「二人はこのままここで待って。エヴァ、二人を頼んだ」

『あい分かった』

「どうするのですか――」

ヘカテーに答えるよりも早く、俺はエヴァの背中から飛び降りた。

「ええっ⁉」

「神⁉」

驚く二人の声が急速に遠ざかっていく。

俺は一直線に下へ――海に吸い込まれていく。

ぽちゃん――と水音を立てて海に入った。

普通の人間なら、水面といえど、この高さから飛び込めばただではすまない。

が、俺には問題がなかった。

マテオボディであっても、俺には海の加護がついている。

だから躊躇《ちゅうちょ》なく飛び込んだ。

飛び込んだ瞬間、水間ワープを発動して、神殿に向かった。

そこで海神ボディに乗り換えて、元の場所に戻ってきた。

海上に出て、飛び上がる。

エヴァの横に並ぶようにしてから――唱える。

オノドリムがさっき使っていた魔法を使った。

すると――繋《つな》がった。

桟橋で切れていた光と同じものが、新たに海の上で現れ、大海原《おおうなばら》に向かって伸びていった。

「わっ、すごい！」

「そうか、神のその肉体は海の神。海であるし神、大地の精霊と同じことができて当然か」

オノドリムが歓声をあげ、ヘカテーが感嘆《かんたん》した。

その間、俺は再びエヴァの背中に飛び乗った。

「いこう、エヴァ」

『うむ！』

今度は海原の上を進む光を追いかけて、エヴァは再び飛び出したのだった。

72 なんでもする

海上すれすれを猛スピードで飛んでいくエヴァ。

そのエヴァの背中に乗っているヘカテーがまわりをきょろきょろして、すこし不思議がって聞いてきた。

「速度を落としましたか」

「うん？」

「なんだか遅くなったように感じます」

遅くなったように感じる？

俺はヘカテーに倣《なら》って、まわりを一度ぐるっと見回した。

陸の時とは違って、前後左右、見渡す限りの大海原。

陸地がまったくなく、どこを見ても水平線しか見えない景色。

「ああ、僕も昔はそうだった」

小さく頷《うなず》いて、微笑《ほほえ》みながらヘカテーに答える。

「あまりにもまわりの景色が代わり映えしないから、速度が遅く感じちゃうんだ」

「そうなのですか？」

「うん……エヴァ」

『なんだろうか？　偉大なる父マテオよ』

「方向は指示するから、雲の上くらいの高さまで飛んで」

『承知した』

エヴァが応じた直後に、急な角度をつけて飛び上がった。

瞬く間に、俺が指示した雲の上まで飛び上がった。

「どうかな」

「え？」

「速度は」

「あっ……」

俺に聞かれて、まわりをぐるっと見回すヘカテー。

「また……遅くなりました？」

「違うよ、ずっと一緒だよ」

俺の代わりにオノドリムが答えた。

俺は小さく頷いた。

俺が今海神ボディだから分かるのと同じように。

「オノドリムもそれ分かるんだ。精霊だから？」

「たぶんね」

「どういうことでしょうか？」

「この海神のボディ、それに大地の精霊であるオノドリム。人間よりも遙《はる》かに感覚が鋭敏なんだ」

「そうなのですね」

「僕はなんとなく、例えば今の速度を数字にできるよ。時速どれくらいだとか」

「あたしも」

手を上げて、活発な感じで同調してくるオノドリム。

それができるってことは、やっぱり海神ボディの状態と同じ感覚があるってことだろうな。

「だから分かる、エヴァの速度はまったく落ちてないって」

「なるほど」

「ちなみに――エヴァ」

『うむ？』

俺はエヴァに小声でささやいた。

「いける？」

『造作《ぞうさ》もないことだ』

　エヴァが気安く請け負った。

　俺は少しの間黙ることにした。

　ヘカテーはきょとんとした。

「あっ……」

「しぃ……」

　俺は唇に人差し指を当てる、古典的な仕草でオノドリムに黙ってくれと頼んだ。

　オノドリムは得心顔で頷いた。

　そのまま、全員が黙り込んで、約一分。

「あっ……」

　やっと気づいたのか、ヘカテーが声を上げた。

「もしかして……すこし速度が上がったのでしょうか」

「うん」

「――はい」

　ヘカテーは喜色をあらわに頷いた。

「でも、ちょっとだけ違うかな」

「何がでしょうか？」

「実は今、速度はさっきの倍になってるんだ」

「えっ……」

絶句するヘカテー。

さび付いたドアの蝶番《ちょうつがい》のように、ギギギ……って感じで横を向いてオノドリムを見た。

オノドリムは小さくうなずいた。

「うん、ちょうど二倍だよね」

「ああ、さすがエヴァだな」

『造作もないことだ』

言葉はさらっとしているが、エヴァの口調は嬉しそうだった。

よく見たら、俺たちを乗せていないところの鱗《うろこ》が波打っている。

犬だったらしっぽがちぎれるくらいぶんぶん振っている――それくらいの喜びに見えた。

「そんなに……」

「景色が代わり映えしないからね、空の上は。倍くらいに上げてやっと変化に気づくんだ」

「そうだったのですね……さすが神」

「うん？」

「そういうものが数値で分かると、様々な場面で惑わされることもなくなるのではないかと」

「ああ、うん。そうだね」

人間の感覚って結構曖昧《あいまい》で、頼りにならないものだ。

それよりもはっきりと数値にした方がいいということが多い。

例えば――。

「この近さだから分かるけど、ヘカテーは今心拍数が上がってるよね」

「え？　あっ……」

「空に上がってからなんだけど、何かあったの？」

「その……どうやら……」

ヘカテーはちらっと横――遙か下方にある海面を見た。

一瞬だけ見て、すぐに目をそらした。

「高所が……すこし苦手なようです」

「そうなんだ。それはごめん」

「いえ！　神はなにも――」

「エヴァ、海面に戻って。速度も元に」

『承知した』

エヴァが応じて、話の流れからヘカテーに気を配ってくれたのか、ゆっくりと滑るように下降した。

高度を下げていくにつれ、ヘカテーの心拍数も落ち着いていく。

ちなみにヘカテーの表情はずっと、あまり変わらないままだった。

表情を自制心で取り繕《つくろ》いながらも、心拍数が落ち着いていき「ホッとした」ヘカテー。

そんなヘカテーが可愛《かわい》らしくて、ちょっとクスッとしたのだった。

☆

海から陸に上がると、オノドリムの方の案内が復活した。

逆に「海神《わたつみ》」である俺の案内が消えたから、オノドリムの案内通りにエヴァを飛ばせた。

陸に上がってから三十分ほどで、小さな山に入った。

光が山道無視で一直線に伸びていったが、こっちもエヴァに乗って山道無視で空から入った。

そして、一軒の山小屋が見えた。

光はまっすぐ中に入っていた。

「ここにいらっしゃるのですね」

「うん、間違いないよ」

オノドリムが快活に断言した。

「よし……ありがとうエヴァ、エヴァはこのまま待ってて」

『承知した』

「ぼくたちは先生のところに」

「はい」

「分かった」

ヘカテー、オノドリムの二人と一緒にエヴァの背中から降りて、目的地の山小屋に向かっていく。

そして――俺がドアをノックした。

ノックしてしばらくすると、ドアがガチャ、と音を立てて開けた。

出てきたのは大人の女性だった。

眼鏡《めがね》をかけていて、山小屋なのにもかかわらず、予想よりも遙《はる》かに綺麗《きれい》な格好をしている――けど。

なぜか彼女は、パジャマを着ていた。

「だれ?」

彼女は警戒心強めの目と口調で聞いてきた。

「失礼、ダガー・ルシファーさん? ダガー先生でいらっしゃいますか?」

横からすっと出てきて、女性に問うヘカテー。

「そうだけど、なに、誰か病気?」

ダガーは素っ気なく聞いてきた。

「はい、アテナイ病にかかった人がいます。どうか先生に診《み》ていただきたいと」

「アテナイ？　そんなの乳飲ませとけばそのうち目を覚ますから」

「発病したのが成人の男性なのです」

「へえ」

ダガーの眉《まゆ》がびくっと撥《は》ねた。

「そりゃ面白い。話を聞かせなよ」

どうやら少し興味をもってくれたようだ。

中に入れてくれる様子はなくて、玄関先での話になるが、話は聞いてくれるようだから、俺はそのまま話した。

皇帝だと明かすのはどうか——ということだから、病人の身分を伏せて、状況だけを説明した。

「ふーん、面白いじゃん。なに、ずっと山の中で暮らしてたわけ？」

「どういうことなの？」

「アテナイは伝染病だから。大人になるまで感染しないのは、山の中で一人暮らししてたくらいしか想像つかない」

「なるほど」

俺は小さく頷《うなず》いた。

皇帝――イシュタルの男体化を知らない医者は、そういう推測をするんだな。

俺は少し考えて、イシュタルの状況を頭の中で整理したあと。

「そうだね、ここ最近人と接するようになったばかりだね」

と、「あくまで嘘ではない」という答え方をした。

「ふーん。まあでもそれなら――あっ」

「どうしたの？」

「ちょっと待って」

ダガーはいきなり何かに気づいたかのような表情で、俺たちを置いて山小屋の中に戻った。

ドアがパタンと閉められた。

「閉まっちゃった……」

「……なんたる無礼」

あ然とするオノドリムと、不機嫌なのを隠そうともしないヘカテー。

ヘカテーからすれば俺は「神」で、自分は使徒《しと》である信徒だ。

そんな俺に無礼な振る舞いをしたダガーに、怒りが急激に湧き上がってきた様子。

「何かあるんだよ。待とう」

「神がそうおっしゃるのなら……」

言葉通り、俺が言うのならと渋々引き下がるヘカテー。

俺たちはしばらくその場で待ったが――三十分たってもダガーは戻ってこなかった。

「……」

最初は俺にたしなめられて引き下がったヘカテーだったが、あまりにもダガーが戻ってこないものだから、表情にはっきりと怒りが蓄積されていった。

「どうしたんだろうね」

「なにかあったのかな」

「うーん……あっ」

小首を傾《かし》げつつ、山小屋をじっと見つめたオノドリムが、急に何かに気づいた様子で声を上げた。

「どうしたの？」

「これ……さっきの子寝てるよ」

「え？」

「……なにぃ？」

ヘカテーの表情が一変した。

ブチ切れる寸前の表情になった。

「それは本当なの？」

「うん、間違いないよ」

「……」

ヘカテーは数歩進んで、ドアをそっと押した。

ドアを開けて、中に入った。

俺は少し迷ったが、ヘカテーの後を追いかけて中に入った。

すると――いた。

簡単な造りの山小屋とは裏腹に、しっかりとした作りのベッドがあった。

そのベッドの上でダガーが静かに寝息を立てていた。

「神になんたる無礼……叩き起こしてやる」

おそらく一番ブチ切れているヘカテー。

視線だけで人が殺せそうな、それくらいの目をしていた。

「……待って、ヘカテー」

「止めないで下さい、神。このような者には――」

「ううん、起こさないであげて」

俺は強めに言った。

ヘカテーの目を見つめながら言った。

ブチ切れているヘカテーだが、当事者であり自分が信奉する「神」である俺に強く止められたから、少しだけ落ち着いて、ダガーじゃなくて俺を見つめてきた。

「なぜでしょうか？」

「様子がちょっと違う」

「様子が？」

俺は頷き、ダガーを改めて観察した。

「この寝方は普通じゃないよ」

「……いたって普通に熟睡しているようですが。寝間着に着替えて、完璧《かんぺき》にベッドメーキングしたベッドで、ちゃんとした姿勢で寝ています」

「うん、そう。普通に熟睡。でもさ、直前まで普通にお客さんと話してたのに、こんなちゃんと寝るものなの？」

「それは……」

ヘカテーはちらっとダガーを見た。

また一段階、怒りのボルテージが下がった。

俺が言う「普通じゃない」のが伝わったようだ。

「……たしかに、普通はこうはならないかもしれません」

「すごく安らかに寝てるよね」

「そうなのか、オノドリム」

「うん。あたし、いろんな人が寝てるのを見てるけどさ、今のこの子すっごくすやすやねてる。

起きたらめちゃくちゃ疲れが取れた！　って実感するヤツ」

「……そっか」

それほど深い眠りに入ってるってことか
「待とう」

少し考えたあと、俺は方針を示した。

「……神がそうおっしゃるのなら」

と、ヘカテーは渋々ながらも受け入れてくれたのだった。

☆

そのまま室内で待つこと一時間。

ダガーはゆっくりと目を開けて、ベッドの上で上体を起こして、伸びをした。

「ふむ、やはり口を塞《ふさ》がないと少し質が下がるようだ」

起き抜けに何かぶつぶつ言うダガー。

そんなダガーに、ヘカテーが早速。

「ぐっすりとお眠りだったようで」

と、皮肉たっぷりの言葉を投げつけた。

「うん？　ああ、まだいたのか、お前たち」

「──っ！」

「ヘカテー」

「……はい」

切れかけたヘカテーを止める。

このままだとどこかで本当にブチ切れそうだから、さっさと話を進めることにした。

「今のは何をしてたの？」

「うん？　ただ寝てただけだが？」

「ただ寝てただけじゃないと思うんだけど……」

「……」

ダガーはしばらく俺を見つめたあと。

「少年よ、一つお前に聞こう」

「なに？」

「人間が健康を維持していく上で、一番大事なものはなんだと思う？」

「健康を維持する上で？　……なんだろう」

「睡眠だよ」

ダガーは即答した。

俺に一つ聞く――と言ったわりには速攻で自分から答え合わせをしてきた。

「睡眠?」

「そう、睡眠だ。睡眠の質というものはな、短期的にはその日のパフォーマンスに影響し、長期的には寿命《じゅみょう》に大きく関わる」

「そうなの?」

「そうだ。それに気づいた私は睡眠の質を上げるための研究をしている」

「睡眠の質」

「睡眠に必要不可欠なベッドや布団、枕はもちろん、寝ている時に着る寝間着の素材や、寝るときの格好、果てはその時の気温や湿気などを含めて、様々な要因を考慮《こうりょ》に入れて研究をしている」

「だからさっきあんなにぐっすり寝てたんだ」

「うむ。今は長時間の睡眠よりも短く分けた睡眠だとどうなるのかを調べていてな。さっきはその時間が来たから寝たのだ」

「そっか。すごいことをしてるね」

「当然だ。これがまとまれば人間どもの寿命が大幅に延びること間違いなしだぞ」

ダガーは自慢げに言った。

途中まで、なんでこの人こんなことをしてるんだろうって思っていたけど、寿命を延ばすための研究――と聞けば、ああやっぱり医者なんだって納得した。

「その研究はいつ終わるの？」

「さあな」

ダガーは肩をすくめた。

「ある程度の目星はついたが、それをはっきりとした形にするまでに、何年かはかかるだろうな」

「何年も!?」

俺はちょっと驚いた。

背後でヘカテーの気配がさらに揺れた。

俺は彼女に背中を向けたまま手を振って、落ち着くように指示した。

「どうにか早く完成できたりしないの？」

説得するより、彼女の研究を手伝って、早く終わらせたり恩を売ったりした方がいいと判断し、そう申し出た。

「無理だな。次の段階の壁をどう乗り越えるのかが問題だ」

「次の段階って？」

「寝てるときの心拍数を計るのだ。何をどうしたら体が休まるのかをはっきりとさせたいのだ」

「……それを手伝ったら、僕の知り合いの病気を治しに来てくれる？」

「なに？」

「はっきりと計る方法、知ってるよ」

「本当か！」

ダガーは俺に詰め寄った。

肩をつかんで、目を見開いて詰め寄ってきた。

「うん……だよね、オノドリム」

「うん、簡単だよ」

水を向けると、オノドリムは屈託なく頷《うなず》いた。

一方で、ダガーはものすごく真剣な顔になって。

「もし本当にできるのなら……代わりになんでもしてやろう」

と、言い切ったのだった。

書籍版書き下ろし

ロングソード生成リング

「おーい、マテオや」

　ある日の昼下がり、屋敷の庭で特に用もなくぶらぶらしていると、じいさんが手を振りながらこっちに向かってきた。

　表情とか声色とかはいつも以上ににこやかだった。

「どうしたの？　おじい様」

「ふふん、今日はマテオにいいものを持ってきたのじゃ」

「いいもの？」

「これじゃ！」

　じいさんは得意げな顔して、ハイテンションで小さな指輪を取り出して、見せびらかしてきた。

　それをまじまじと見つめた。

　じいさんクラスの貴族が持ってくるものにしては、指輪についてる宝石が安っぽすぎる気がする。

それが気になった俺は、そのままじいさんに聞いてみた。

「これはどういう指輪なの？」

「まずははめてみるのじゃ」

「わかった」

俺は頷《うなず》き、指輪を親指にはめた。

貴族は親指に指輪をつけている人が非常に多い。

指輪はつける指によって意味が大きく違ってくる、一番有名なのは左手の薬指だけど、貴族は右の親指が多い。

右の親指の指輪は権力と地位の意味がある、だからつける人が多い。

転生して、貴族のじいさんに拾われて大分経つ。

なんとなくそうした方がいいと、知識で分かるようになってきた。

指輪をつけた俺は、再びじいさんに聞く。

「つけたよ、次はどうすればいいの？」

「指輪の側面に小さなくぼみがあるじゃろ？」

「うん、これだよね」

「それをさらに押し込んでみるのじゃ」

「こう――うわ！」

じいさんに言われた通りくぼみを押してみると、指輪から豆粒大の何かが飛び出した。

飛び出したそれは空中でみるみるうちに膨《ふく》らんでいき、やがて一振りの剣になった。

剣はそのまま地面に吸い込まれていき、ドスッ、と音を立てて突き刺さった。

「剣？」

「うむ、剣じゃ」

「ここを押したら剣が出てくるってこと？」

「それだけではないぞ、少し待つのじゃ」

「？？？」

どういう意味なのかと不思議に思ったが、じいさんに言われた通り少し待った。

すると――大体五秒くらいだろうか。

地面に突き刺さった剣が、みるみる内にしぼんでいった。

まるで風船かのようにしぼんでいった。

落下して地面に突き刺さったときの重量感といい、音といい、まぎれもなく金属製の剣なのだが、それが風船のようにしぼむ姿は不可思議だった。

「空気」が完全に抜けると、今度はボロボロに風化して朽《く》ちていった。

「くずれちゃった」

「うむ」

俺はじいさんを見た。

ますます得意げな顔をするじいさんを見つめ、「どういうことなの？」と視線で説明を求めた。

じいさんはますます得意げになった。

「ロングソード生成リングじゃ」

「ロングソード……生成？」

「うむ、マテオの力が強すぎて、通常の剣ではその力に耐えきれず崩壊するじゃろ？」

「うん、そうかもね」

俺は小さく頷いた。

特に海神《わたつみ》ボディの時はそういう感じになる。

「マテオの手に合った武器がないというのは、あまりよろしくないと思ってのう、ずっといろいろ考えておったのじゃ」

そこで「キラン！」とじいさんの瞳が光ったような気がした。

「そこで発想の転換じゃ。耐えられる武器がないのなら、使い捨てを大量に用意すればいいじゃろ、とな」

「へえ」

「もう一度やってみるがいい、マテオ。一振りするまでなら耐えられるはずじゃ」

「うん、やってみる！」

俺は頷き、リングのくぼみをもう一度押してみた。

さっきと同じように、豆粒大のものが飛び出してきて、それが空中でドンドン膨らみ、まったく同じ剣の形になった。

それをさっと摑《つか》んで、振ってみる。

ビュンビュンと風切り音を鳴らす剣は、とても手に馴染《なじ》んだ形だった。

数秒間振った後、さっきとまったく同じようにボロボロと崩れ落ち、朽ちて消えていった。

「どうじゃ？　マテオ」

「すごいよおじい様、これすごいと思う」

「そうじゃろうそうじゃろう。ふふん、寿命《じゅみょう》を極端に減らす代わりに耐性をとことん上げたのじゃ、これならマテオでも安心して使えるぞ」

「ありがとう！」

俺はもう一度お礼を言って、三本目の剣を出して、手に取って振ってみた。

ビュンビュン振ってみる、さっきよりもかなり力を込めてみた。

それがじいさんにも伝わったようで。

「どうじゃ？」

と、これまた得意げな顔で、質問風に確認をしてきた。

「うん。すごいよ、おじい様。ありがとう」

「なんのなんの。ふふん、それ見たことか。わしが一番マテオをかわいがれるのじゃ」

「……あっ」

じいさんは鼻高々に、得意げになっていたが、俺の「あっ」を聞いて振り向いた。

「どうしたのじゃ?」

「これ……」

俺は右手を差し出して見せた。

さっきまでなんともなかった親指の指輪がぱっかりと、半分に割れていた。

「こ、これは!」

「えっと……多分だけど……」

俺は申し訳なさそうにいうが、じいさんはすぐに察しがついた。

「みなまで言われずともわかる。これはわしのミスじゃ」

手をかざして、俺の言葉を引き継ぐじいさん。

「剣は耐えられたが、指輪は力を受け続けて耐えきれんかった、ということじゃな」

「そうみたい。ごめんなさい、おじい様」

「気にすることないのじゃ。マテオの力が超越しているのは分かっている。だからこそこの剣じゃ」

「うん……」

「そういうことなら話は簡単、指輪ではなく力を受けないような装飾品にすればよい。そうじゃ、ベルトで作らせてみるのじゃ」

すぐに改良案を出したじいさんは、来たとき以上に高いテンションで振り向いて、そのまま早足で歩き出した。

「なんか申し訳ないな」

俺は、俺の力を受けて崩壊した指輪の残骸《ざんがい》を眺めて、苦笑いするのだった。

あとがき

人は小説を書く、小説が書くのは人。

皆様お久しぶり、あるいは初めまして。

台湾人ライトノベル作家の三木《みき》なずなでございます。

この度《たび》は『報われなかった村人A、貴族に拾われて溺愛される上に、実は持っていた伝説級の神スキルも覚醒した』の第3巻を手にとって下さりありがとうございます！

おかげさまで第3巻の刊行とあいなりました。

某所《ぼうしょ》で「これタイトル？　全部説明しちゃってんじゃん」と言われた本作品も、皆様のおかげで第3巻の刊行となりました。

シリーズものの作品って、「続刊を買っていただけるか」が出版社側の大きな評価のポイントとなります、そうなるには「前の巻を読者に満足していただく」という正攻法しかありません。

　本作品は、皆様に継続して2巻を買っていただけたことで、出版社の営業・販売部から非常に高い評価を受けました。

　その評価がこの第3巻の刊行に繋《つな》がったわけでございます。

　つまり第3巻を出せたのは、１００％買って下さった皆様のおかげということです。


　皆様本当にありがとうございます。感謝の言葉もありません。


　少し話は飛びますが、なずなは「水戸黄門《みとこうもん》」というドラマが大好きです。

　どこが好きなのかというと、物語の途中で何が起きようと、（放送上の）時間になったら必ず黄門様が印籠《いんろう》を出して、すっきりする展開になるからです。

　途中でどんなにハラハラしたり、悪人の所業に腹を立てても、時間になればスカッとするようになっているからです。

　それくらいコンセプトをきっちりと守っている、安心感抜群《ばつぐん》なのが「水戸黄門」なのです。

　ですので、この作品もそれを目指します。

皆様が面白いと感じたであろうコンセプトをきっちりと守って、それを提供し続けられるように頑張りたいと思っています。

ではこの作品のコンセプトはなんなのかというと――ずばり、某所で言われた「全部説明しちゃってるじゃん」な、タイトルそのままです。


主人公は貴族の家に転生した。

貴族だから生活は超安定だし、愛らしく聡明な子供だから権力者からとにかく溺愛される。

それだけじゃなく、転生者だからお約束であるチート能力も手に入れてしまう。

そんな感じの財力とチート力と溺愛力で、幸せな人生が確定する人生――この物語はそんな物語です。

今までがそうで、これからもずっとそうです。

ですので第1巻と第2巻を楽しんでいただけた方は、安心して第3巻もお買い求め下さい。

この巻をなんとなく読んで面白そうだと思った方は、前の巻もまったく同じコンセプトですのでやはり安心して第1巻からお手に取ってみて下さい。

もし気に入って買い続けて下されば、気に入ったコンセプトの話を——続刊をずっとお届けできるように頑張りますので、何卒《なにとぞ》よろしくお願いいたします。

さて、さきほど「某所」と呼んでいたことを、気になった方もいらっしゃるのではないでしょうか。

その某所というのは——ずばり「収録現場」なのです。

ドルルルルルルルル——ジャン！

皆様ありがとうございます！

皆様の応援のおかげで、本作のラジオドラマ化が決定したのです！

なんと「響《ひびき》ラジオステーション」の中で、6月23日から放送される新番組「山口勝平《やまぐちかっぺい》のドラマティックＲＡＤＩＯ」の中のワンコーナーとして、本作のラジオドラマが計12回放送されることとなりました！

12回です！

隔週での放送なので、半年間放送し続けるということです！

番組の詳しい内容は語り出せば、文庫一冊分くらいのページ数が必要になっちゃいますので、是非《ぜひ》実際の番組を聴いていただければと思います。

とはいえ、なにもなしに「じゃあ聞きに行ってみるかー」とはなかなかならないと思います。

そこで、皆様が気になるであろうキャストを一部大公開しちゃいます！

メインのキャストは——こちら！

マテオ（大人モード・心の声）——山口勝平
マテオ（子供モード）——日高《ひだか》のり子
おじいちゃん——緒方賢一《おがたけんいち》

……。

…………。

……………。

というのが、なずなが第一報を受けたときの反応です。

決定されたキャストを知らされた時、なずなは比喩《ひゆ》とかではなく、本当に固まってしまいました。

まさかまさかの布陣、こんな重鎮だらけというか、レジェンドオンリーなキャスト陣になるとは、夢にも思っていませんでした。

あまりにも予想外過ぎたキャストだったため、思わず——

「そっか、マテオも体は子供で頭脳は大人だから、このキャストなんだ（あはははは）」

と盛大に訳の分からない現実逃避をしてしまいました。

続刊でローレンスじいちゃんになにかメカを作らせなきゃ——とか本気で思ったくらいです。

もちろんこれだけではありません。

ここまで小説を読んで下さった方なら、あの娘とかあの娘とかあの娘とかは？　とか思っていらっしゃることでしょう。

はい、ご安心下さい。

このほかにもまだまだ豪華キャストが控えておりますし、もしかしたらレジェンド級の方がもっと加わるかも……？　な感じです。

実際にどういった方々が他のキャラクターを演じているのかは、是非《ぜひ》とも皆様の耳で実際にお確かめ下さい。

初回放送は6月23日——この本が書店に並んでる頃にはもう放送開始してますので、是非是非「響ラジオステーション」の「山口勝平のドラマティックＲＡＤＩＯ」にアクセス下さい。

さて、本作の展開はそれだけではありません。

なんと、コミカライズも決定しております。

こちらはニコニコ漫画で連載をすることが決定しておりますので、マンガが気になる方は是非ニコニコ漫画の方をご確認下さい。

本稿執筆の段階では、夏開始に向けて準備しておりますので、お楽しみにしていてください。

ちなみにニコニコ漫画では、なずなの作品は他にも、

・くじ引き特賞：無双ハーレム権
・善人おっさん、生まれ変わったらSSSランク人生が確定した
・転生ゴブリンだけど質問ある？
・マンガを読めるおれが世界最強～嫁達と過ごす気ままな生活～
・レベル1だけどユニークスキルで最強です
・没落予定の貴族だけど、暇だったから魔法を極めてみた

など七作品が連載されております。

いずれも本作とコンセプトが近しいものばかりですので、もし連載が始まっていなければ、これらの作品からお読みになっていただけると幸いです。


最後に謝辞《しゃじ》です。

イラスト担当の柴乃《しばの》様。今回のカバーも最高でした。本当にありがとうございます。

担当編集T様。今回も色々ありがとうございます！

ダッシュエックス文庫様。ラジオドラマおよびコミカライズを同時展開してくださって、本

当にありがとうございます。
本書を手に取って下さった読者の皆様、その方々に届けて下さった書店の皆様。
本書に携《たずさ》わった多くの方々に厚く御礼申し上げます。
次巻をまたお届けできることを祈りつつ、筆を置かせていただきます。

二〇二一年五月某日　なずな　拝

この作品の感想をお寄せください。

あて先　〒101-8050　東京都千代田区一ツ橋2-5-10
集英社　ダッシュエックス文庫編集部　気付
三木なずな先生　柴乃櫂人先生

ダッシュエックス文庫

報われなかった村人A、貴族に拾われて溺愛される上に、実は持っていた伝説級の神スキルも覚醒した3

三木なずな

2021年6月30日　第1刷発行

★定価はカバーに表示してあります

発行者　北畠輝幸
発行所　株式会社　集英社
〒101−8050　東京都千代田区一ツ橋2−5−10
03(3230)6229(編集)
03(3230)6393(販売／書店専用)　03(3230)6080(読者係)
印刷所　株式会社美松堂／中央精版印刷株式会社

ISBN978-4-08-631425-1 C0193

ダッシュエックス文庫

報われなかった村人A、貴族に拾われて溺愛される上に、実は持っていた伝説級の神スキルも覚醒した
三木なずな
イラスト／柴乃櫂人

報われなかった村人A、貴族に拾われて溺愛される上に、実は持っていた伝説級の神スキルも覚醒した2
三木なずな
イラスト／柴乃櫂人

俺はまだ、本気を出していない
三木なずな
イラスト／さくらねこ

俺はまだ、本気を出していない2
三木なずな
イラスト／さくらねこ

ただの村人が貴族の孫に!? 強力な魔力でドラゴンを手懐け、古代魔法を復活させ、最強の剣まで入手する全肯定ライフがはじまる!!

精霊を助けて人間が使えない魔力を手に入れたり、ドラゴン空軍の設立で軍事の常識を覆したり…絶賛と溺愛がさらに加速する!!

強すぎる実力を隠し貴族の四男として気ままに暮らすはずが、優しい姉の応援でうっかり当主に!? 慕われ尊敬される最強当主生活!

姉の計略で当主になって以降、なぜか大活躍のヘルメス。伝説の娼婦ヘスティアにも惚れられて、本気じゃないのにますます最強に…？

ダッシュエックス文庫

俺はまだ、本気を出していない3
三木なずな
イラスト／さくらねこ

俺はまだ、本気を出していない4
三木なずな
イラスト／さくらねこ

俺はまだ、本気を出していない5
三木なずな
イラスト／さくらねこ

俺はまだ、本気を出していない6
三木なずな
イラスト／さくらねこ

剣を提げただけなのに国王の剣術指南役に!? 地上最強の魔王に懐かれ、征魔大将軍に任命され、大公爵にまで上り詰めちゃう第3幕!!

うっかり魔王の力を手に入れて全能力が2倍に!? 誘拐事件の首謀者である大国の女王にはマジ惚れされ、男っぷりが上昇し続ける!!

女王エリカの猛アタックを受け続けたヘルメスが遂に陥落!? さらにかつてヘルメスに求婚されたという少女ソフィアが現れて…？

本気じゃないのに今度はうっかり準王族に!? 未来の自分と遭遇したり、外遊先で新たな出会いがあったりと、最強当主生活は継続中！

CONTENTS

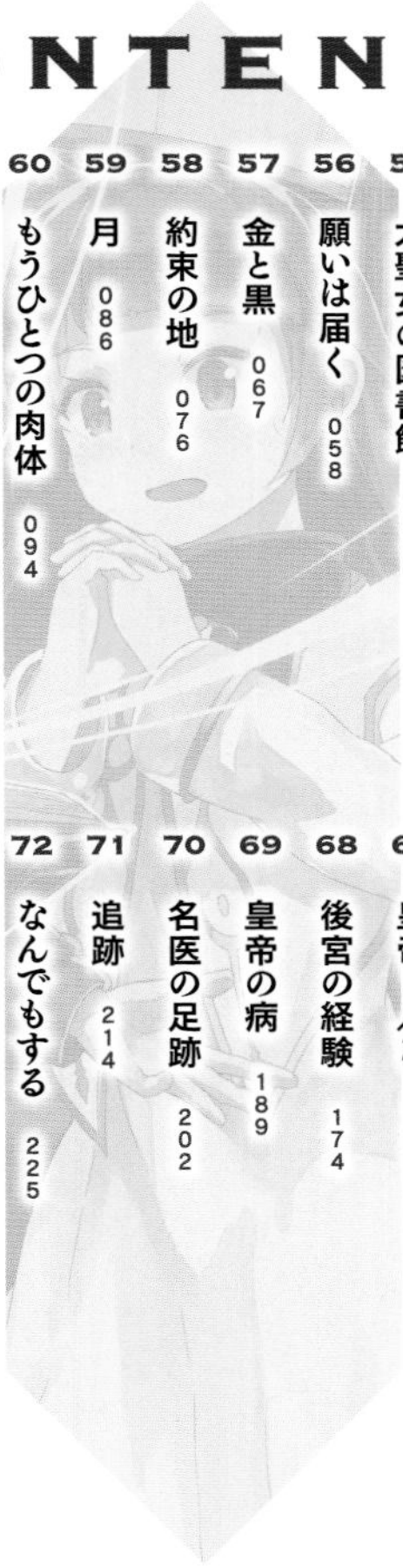

3
Author
三木 なずな
Illustrator
柴乃 櫂人
報われなかった村人A、
貴族に拾われて溺愛される上に、
実は持っていた伝説級の
神スキルも覚醒した